KB009137

흙을 먹는 나날

먹고 깨닫고 쓰다

열두 달, 계절을

미즈카미 쓰토무 지음
지비원 옮김

흙을 먹는
나날

메멘토

가루이자와의 산장에서 요리하는 미즈카미 쓰토무

일러두기

- 이 책은 신초샤(新潮社)에서 1982년에 펴낸 『흙을 먹는 나날: 나의 정진 열두 달(土を喰う日々: わが精進十二ヵ月)』의 문고본 개정판(2011년/2022년 37쇄)을 번역한 것이다. 원서 초판은 미즈카미 쓰토무가 1978년 1월부터 12월까지 잡지 『미세스(ミセス)』에 연재한 글을, 같은 해 12월 7일 문화출판국(文化出版局)에서 출판했다.

- 식재료나 음식 이름은 번역하는 것이 원칙이나 이미 통용되고 있거나 적합한 단어가 없는 경우 일본어 발음 그대로 표기했다.

- 이 책의 각주는 모두 역자주이다.

일월, 토란 한 알을 꺼내는 마음

　아홉 살부터 선종(禪宗) 사원의 부엌에서 살며 무엇을 얻었는가, 묻는다면 우선 정진요리*를 배운 일이라고 답하겠다. 선종에서는 어린 승려를 양육할 때, 어려운 얘기는 이러쿵저러쿵 잔소리로 하지 않고 일상 속 사소한 일에 녹여서 가르치곤 한다. 예를 들어 무언가

　＊　精進料理. 일본의 사찰요리를 뜻한다. 음식도 수행의 하나로 보는 선종에서는 특히 육식을 금하며 몸을 청정히 하기 위해 해초, 곡류, 채소를 주재료로 만든 음식을 정진음식이라 한다. 주로 엄선된 제철 채소와 곡류를 듬뿍 사용한다. 미식(美食)은 피하고 식재료가 가진 소박한 맛에 집중한다.

를 씻고 난 물을 조금이라도 무심코 뜰에 버린다면 보고 있던 주지 스님이나 사형이 일갈한다. "바보 같은 녀석, 아까운 짓을 했구나." 구정물이니 아까울 것도 없다. 왜 야단맞는지 모를 일이다. 그러자면 뒤이어 이런 말이 돌아온다. "한 방울의 물이라도 풀이나 나무가 기다리고 있다, 왜 생각해 보지도 않고 아깝게 버리느냐, 어차피 버릴 거라면 뜰에 나가 이거다 싶은 나무뿌리에 뿌려라."

듣고 보니 그게 도리다 싶다. 그리고 여기서 주지 스님이나 사형이 어느 정도 학식이 있다면 "옛날에 데키스이(滴水)라는 큰스님은 한 방울의 물을 뜰에 버린 순간 스승으로부터 물을 소중히 해야 한다는 가르침을 받고 홀연히 깨달았다"는 이야기를 들며 선사(先師)의 행실을 가르칠 것이다.

뭐든 이런 식이다. 물 끓이는 법, 불 피우는 법, 걸레질하는 법, 비질하는 법, 차 내리는 법, 차 마시는 법, 죽 쑤는 법, 밥 짓는 법. 아침저녁으로 누구나 하는 일을 하면서 스스로 깨닫지 못하는 사실을 모르고 있으면 금세 불만이 날아와서 일을 할 때마다 조사(祖師)들이 소년 시절에 사소한 일에서 무엇을 깨달았는가에 대해 가르침을 받는다.

아홉 살에 절에 들어온 나는 제법 나이를 먹고 들어온 축이었고, 빠르면 대여섯 살에 절에 들어오는 아이도 있었다. 그런 아이들은 그즈음부터 혈연관계도 아닌 스님을 아버지 삼아 양육되므로 아무리 사소한 일이라도 잘못된 방법으로 해 왔다면 다시 배우며 자란다. 이는 그 스님도 어린 시절부터 그렇게 했으므로 동자승에게도 그리 가르치는 것이다. 고마운 일이다. 친부모도 신경 써 주지 못하는 일이 많으니까. 아직 어린 동자승에게는 괴로운 일이기도 하겠지만 나중에 생각해 보면 그저 감사할 따름이다. 내 정진요리도 그 덕분에 익히게 됐다.

황송하게도 나는 열여섯 살부터 열여덟 살까지 도지인(等持院)에서 오제키 혼코 노스님의 은시(隱侍)를 맡았다. 은시란 노스님의 아내 같은 역할을 맡아서 하는 승려를 말한다. 혼코 노스님은 당시 연세가 예순예닐

곱 살쯤이었다. 노스님은 도후쿠지(東福寺) 관장* 시절에 사정이 있어 본산에서 쫓겨나와 은둔하는 관장으로서 이름을 떨치고, 시코쿠(四国) 88사원을 돌며 포교하던 중에 눈에 띄어 새로 도지인의 주지가 되었다. 나중에 나라현의 지코인(慈光院)으로 옮겨가 입적하셨지만, 얼마 안 되는 도지인 주지 시절 내가 은시를 맡았던 2년 동안은 아주 건강하셔서 좌선과 수행승을 지도하던 시절에 하던 생활을 노스님의 거처에서 그대로 하고 계셨다. 그때 나는 수행승이 아니라 아직 중학생이었다. 학교에서 돌아오면 서둘러 노스님의 거처로 가서 식사 준비, 세탁, 청소 등을 했는데 이때 식사를 맡은, 즉 전좌(선종 사원에서 식사를 준비하고 시중을 드는 사람)를 겸했던 일이 오늘날 내가 명색으로나마 정진요리를 해서 혼코 노스님 식의 맛을 좋아하는 사람들에게 즐거움을 주고 있다.

* 일본 토착 종교인 신토(神道) 혹은 불교에서 한 종파를 관리하는 총책임자.

혼코 노스님은 술을 무척 즐기셨다. 문필가이기도 해서 당시 주카이일보에 시코쿠 순례 기행문 연재도 하고 있었다. 또한 글씨도 곧잘 쓰셨다. 신문기자도 찾아왔고 신도도 찾아왔다. 그들 중에는 화가도 있었고 주식 투자가도 있었다. 노스님의 거처에는 방문객이 끊일 날이 없었고 저녁 무렵이 되면 꼭 술을 드셨다. 상차림은 노스님이 내게 직접 주문을 하면 부엌으로 달려가 음식을 만들었다.

도지인은 당시 무척 가난했다. 아시카가 다카우지**의 선조 대대로 위패를 모시고 있었고 무로마치 시대의 보물도 있는 사찰이었지만, 전쟁 중이던 그 시절 역적의 위패를 모신 절에 관광 올 사람은 아무도 없었다. 세상은 구스노키 마사시게***의 편으로 나라에서도 다카우지를 역적으로 보았다. 그런 불충한 쇼군의 묘를 지

** 남북조 시대의 무장이며 무로마치 막부의 초대 쇼군. 천황을 쫓아냈다고 하여 역적으로 평가받는다.

*** 고다이고 천황에게 반기를 든 아시카가 다카우지에 맞서 싸우다 전사했다. 천황에 대한 충성심을 상징하는 무사로 평가받는다.

키는 절이니 부엌으로 달려가도 재료가 풍족할 리 없었다. 하지만 은시는 재료가 없는 와중에도 반찬을 만들어야 한다. 사실 만든다기보다 쥐어짠다는 표현이 적합했다. 이것이 노스님이 가르친 조리법의 가장 기본이다.

노스님은 여가가 있을 때면 밭으로 나갔다. 하루에 한 시간 정도는 반드시 풀 뽑기와 비료 주기를 했다. 밭에는 대체로 모든 게 심겨 있었다. 교토에 있으니 교토 특산물인 미즈나, 가지, 강낭콩, 번행초도 있다. 그런데 이들은 철 따라 나는 것이라 늘 있는 게 아니다. 그래서 겨울철에 밭에 눈이 쌓이면 곤란해진다. 거적을 덮어씌운 밭이랑에서 나는 것이라야 시금치, 순무, 한겨울에는 작은 토란, 참마, 쇠귀나물 덩이줄기, 백합근 정도랄까. 그런 것조차 없을 때는 건조식품 상자를 열어서 표고버섯이라든가 무말랭이, 톳 등을 찾는다. 자전거를 타고 서둘러 달려 나가도 두부라든가 유부 정도밖에 살 수 없었다. 식비가 늘어나기 때문이다. 사치스러운 식재료를 사면 사형에게 호되게 야단맞는다.

아무것도 없는 부엌에서 쥐어짜 내는 게 정진이라고 했지만, 이는 요즘처럼 가게에 가면 뭐든지 다 있는 시대와는 달라서 밭과 의논해서 정하는 것이었다. 내가 정진요리란 '흙을 먹는 것'이라고 생각한 건 그 때문이다. 제철 재료를 먹는다는 것은 곧 그 계절의 흙을 먹는 것일 터이다. 지금 흙 위에 나와 있는 채소 덕에 정진이 생생하게 다가온다.

전좌는 부엌이 흙과 아주 가깝게 맞닿아 있도록 해야 한다는 것이 혼코 노스님이 가르쳐 주신 요리의 근본이념이다. 물론 노스님은 이를 그런 식으로 말하지는 않았다. "쇼벤아, 또 손님이 오셨구나. 이렇게 추운 날에는 밭과 의논하려 해도 모두 잠들어 있어 소용없겠지만 두세 가지 생각해 보거라."

쇼벤은 나의 법명이었다. 술이 우선이므로 데운 술병을 쟁반에 올리고 튀긴 다시마를 안주로 곁들여 먼저 내간 다음 부엌에서 생각한다.

쇠귀나물 덩이줄기 구이는 이 무렵부터 내가 곧잘 하던 음식이었다. 나중에 환속해서 쇠귀나물 덩이줄기가

채소가게 앞에서 산더미처럼 쌓여 시들어가는 것을 보고 도시 사람들은 이것을 하찮게 여기는 것 같아 눈물이 날 지경이었는데, 일반적으로는 조림이라든가 다키아와세*로밖에 먹지 않는 쇠귀나물 덩이줄기를 나는 잘 씻어서 풍로 위 석쇠에 얹어 통째로 구웠다. 조금 전까지 흙 속에 있어서 여전한 쇠귀나물 덩이줄기 특유의 쌉쌀한 냄새가 갈라진 덩이 틈새에서 훅 올라오는 김과 함께 감돌 때까지 느긋하게 굽는다. 이때 자주 뒤척거리면 안 된다. 구이이므로 지긋이 구워야지 단순히 불을 쪼이는 게 아니다. 물론 껍질은 벗기지 않아서 구워진 부분이 옅은 갈색으로 타다가 점차 새까매진다. 이때 상태를 봐서 뒤집는다. 그러면 잘 구워진 껍질은 바삭하고 어떤 부분은 푸른빛을 띤 노란 속살이 드러나 밤[栗]처럼 보인다. 나는 이 쇠귀나물 덩이줄기 구이가 클 때는 칼로 이등분해 접시에 올려 내고, 작으면 통째

---

  * 생선이나 채소 등 재료를 따로 조리한 다음 한 그릇에 같이 담아내는 방식의 요리.

로 두 개를 냈다. 옆에는 소금을 곁들인다. 이것은 술을 좋아하는 노스님이 무척 좋아하는 음식이었다.

이제야 안 것인데 요즘 텔레비전 요리 프로그램을 거의 보지 않지만 가끔 눈에 들어오는 광경을 보다가 놀랄 때가 있다. 쇠귀나물 덩이줄기도 껍질을 칼로 벗기는 것이다. 게다가 벗기는 방식이 어린아이의 솜옷을 훌러덩 벗기는 것과 마찬가지라 알맹이가 정말로 작아진다. 그게 고급스럽게 보이는 모양이다. 물론 곁들이는 다키아와세용이라서 그렇겠지만 겉보기로는 토란인지 쇠귀나물 덩이줄기인지 알 수 없다. 게다가 쇠귀나물 덩이줄기는 쓴맛도 있지만 단맛이 나는 껍질 부분이 버려지는 건 아깝다. 또한 쇠귀나물 덩이줄기의 껍질만큼 얇은 것도 없다.

작은 토란의 껍질 벗기기도 이와 비슷하다. 독특한 모양의 새끼토란에는 수세미로 흙을 잘 털어 내기만 하면 되는 세로로 주름진 다갈색 껍질이 있다. 우리는 껍질을 벗기면서 약간 남겨 놓는 독특한 방법을 썼다. 서 말 정도 되는 크기의 통에 토란을 흙이 묻은 채로 넣고 물을 가득 부은 다음, 끝에 적당한 길이의 널빤지를 고정시킨 막대를 통에 넣는다. 그리고 통 가장자리에서 양발을 벌리고 서서 막대를 빙글빙글 돌리면 토란이 널빤지에 부딪히며 서로 문질러진다. 20분 정도 그러고 있으면 껍질이 물 위로 떠오르고 알토란은 아름다운 속살을 고스란히 빛낸다. 이것을 보관해 두었다가 사용한다. 이렇게 우리는 칼로 껍질을 벗기지는 않는다. 그런데 텔레비전 프로그램에서는 요리사가 능숙한 칼솜씨로 매실만 한 크기가 될 때까지 껍질을 벗기고, 두꺼운 속살을 버리고서도 태연하다. 토란이 통곡할 노릇이 아닌가. 아니, 그보다 조금 전까지 눈 쌓인 밭이랑 아래에 있던 토란이다. 겨울에 토란을 따뜻하게 해 주며 향취를 길러낸 흙도 통곡할 일이다. 향, 아니 맛이라고 해도 좋다. 흙에 묻어 두면 비닐봉지에 넣어 둘 때보다 좋은 향이 보전된다.

쌀을 씻거나 채소 등을 다듬을 때, 전좌는 직접 자신의 손으로 해야 한다. 그 재료를 몸소 바라보고 세세한 부분까지 꼼꼼하게 다루어야만 한다. 한순간도 태만히 해서는 안 된다. 하나는 보고 하나는 놓치는 일이 있어서는 안 된다. 공덕을 쌓을 때도 대해(大海)의 한 방울이라고 할 만한 작은 것일지라도 남에게 맡겨서는 안 된다. 산처럼 높은 선근(善根)*도 티끌을 쌓아 이루는 것과 같지 않은가.

도겐** 선사의 『전좌교훈』에 나오는 글이다. 일본 3대 선종 중 하나인 임제선(臨済禅)에서도 『백장청규(百丈清規)』라 해서 중국 당나라 때 선종의 고승인 백장 선사가 만든 지침서를 통해 일상다반의 규범을 가르쳤기에 그와 비슷하다. 토란 껍질 한 조각이라도 헛되이 취

---

* 온갖 선을 낳는 근본.

** 도겐(道元, 1200~1253). 일본의 독자적인 선종인 조동선(曹洞禅)의 개조. 유학 간 송나라에서 만난 노전좌(老典座)를 통해 사원에서 대중의 공양을 마련하는 전좌에 대한 중요성과 수행의 진정한 의미를 깨닫고, 귀국 후 『전좌교훈(典座教訓)』을 찬술하였다. '식(食)'이 바로 '불도(佛道)'라고 파악하여 선 수행에서 식문화의 중요성을 강조하였다. 이런 도겐의 가르침이 담긴 『전좌교훈』은 일본 정진요리 발전에 초석이 되었다.

급하면 불제자로서 낙제다.

　이런 식으로 부엌에서 수행을 계속했다고 생각하면
된다. 내가 월동 3년째를 맞는 가루이자와의 산장에서
오늘도 직접 채소를 조리거나 구울 때의 치다꺼리를 일
반인의 눈으로 보자면 묘하게 쩨쩨하다는 생각이 들 것
이다. 생각하기에 따라서는 재료를 씻는 물도 아까워하
는 듯 보이고 껍질을 다 벗기지 않은 토란도 지저분해
보일지 모른다. 그러나 쇠귀나물 덩이줄기가 다 구워
졌을 때도 껍질이 절반 정도 남아 있고, 함께 곁들여 담
아낸 토란에도 껍질이 어느 정도 남아 있는 것이 극히
자연스럽지 않은가. 이 세상에 껍질 없는 토란이나 껍
질 없는 쇠귀나물 덩이줄기는 없다. 있다면 괴물일 것
이다.

　맛이 없다면 패배를 인정하겠지만 재료 자체의 단맛
으로 승부를 보고 있으니 나머지는 흙의 힘에 맡길 수
밖에 없다. 그런 까닭에 부엌 옆에 있는, 불과 세 이랑밖
에 안 되는 밭은 전좌의 생명선이라고 할 수 있다. 나뭇
잎을 쓸면 모아두고, 재도 어느 정도 남으면 모아두었

다가 비 온 후에 밭 옆에 가라앉혀 흙을 비옥하게 만드는 데 쓴다. 이것이 밥상과 직접 연결된다.

여기서 전좌승이라고 했지만 나는 은시의 몸으로 부엌에 출입한 것이고, 그것은 승당에서는 있을 수 없는 일이었다. 도지인은 승당이 아니다. 머지않아 승당에 들어가야만 하는 어린 승려가 많이 있었다. 사형들은 종종 승당에서 돌아와 승당의 규범을 우리에게 가르쳤다. 그리고 노스님의 가사를 돌보는 일을 맡았던 나는 은시인 동시에 전좌 일도 했다. 이것이 나중에 내가 정진요리를 만드는 데 힘이 되어 주었다. 무릇 나에게 자랑할 만한 요리 같은 건 없지만 그저 밭과 더불어 살며 제철을 맞은 재료를 먹는 정도의 재주는 있다고 할 수 있겠다. 그것 말고는 할 줄 아는 게 없다. 내가 이 글에 '흙을 먹는 나날'이라는 제목을 붙인 것도 실은 내 정진요리, 즉 노스님에게서 요리법을 배운 나날이 곧 흙을 먹는 나날이었기 때문이다.

가루이자와 지역은 일본에서도 고원 지대에 속해 겨울을 나는 채소의 품종도 한정되어 있다. 또한 밭에서도 고원만의 독특한 작물이 나는데, 사월부터 시월까지는 꽤 풍부해서 다른 데서는 볼 수 없는 작물도 여러 가지 있다. 그래서 약 1년 동안 한 달에 두세 번 가사도우미에게 휴가를 주고 예전의 소년 시절로 되돌아가 내가 한 요리를 여기에 소개하게 되었다.

자랑은 아니지만, 방문한 손님에게 점수를 따기 위해 교토에서 보내온 미즈나를 유부와 같이 익혀 내기도 한다. 이런 것쯤이야 어느 식당에 가도 있는 '어머니의 맛'이 아니냐고 하겠지만, 나는 익히는 방식을 달리해 재료의 단맛을 끌어내고 이런저런 잡스러운 맛을 내지 않아 손님들은 내 요리 방식에 의외로 신선한 맛을 느끼는 듯 입맛을 다신다. 대접을 받았으니 당연히 치하하는 것이겠지만 접시가 빨리 비는 건 맛있었다는 증거일 것이다. 그러나 아무리 칭찬하더라도 나는 '절대로'라고 해도 좋을 만큼 어떠한 경우에도 접시를 다시 채워 주지는 않는다. 이것도 선종의 방식이다. 맛있는 음식을 소중히 여기며 먹어 주면 좋겠다. 그래서 조금만 담아내는 것이다.

그런데 이러니저러니 해도 맛을 내는 데는 자기만의 방식이 있다. 예를 들어 나는 미림*은 사용하지만 여간해서 술을 사용하지는 않는다. 아까워서다. 혼코 노스님이 술을 좋아하셨기에 요리할 때 술로 맛을 내면 호통을 쳤다. 그때의 기억이 지금까지도 내게 남아 있다. 어차피 술은 노스님이 관리하셔서 동자승들이 자유롭게 드나들 수 없는 노스님 거처의 불단 아래에 넣어 두었지만 말이다. 내가 주인인 지금 여기에서도 요리에 술은 그다지 쓰지 않는다. 인색해서가 아니다. 그렇게 배웠기 때문이다.

일월의 가루이자와 지역은 아침저녁으로 얼 것같이 추우며 기온이 영하 15도까지 내려간다. 따라서 흙도 잠들어 있고, 나무도 풀도 잠들어 있다. 잠들어 있다기보다 죽어 있다고 해야 할 것이다. 마당 한구석에 황련, 머

---

* 소주와 찹쌀 누룩을 섞은 일본 술의 일종으로 단맛이 나 맛술로 쓴다.

위, 파드득나물 등이 나 있지만 그쪽으로 가 봐도 당연히 푸른 잎의 자취는 없고, 밭에도 파나 무청이 시들어 오그라들었고, 시금치도 서릿발 속에서 기진해 있다. 눈이 많이 내리는 곳이라면 눈을 헤쳤을 때 푸른잎채소들이 싱싱하게 살아 있겠지만, 그런 지방과 달리 가루이자와는 만물이 고사(枯死)하는 세계다. 그렇다면 무엇을 먹을까.

나는 늦가을부터 겨울을 위해 모아 두었던 채소들과 의논한다. 토란, 감자, 파 등을 콘크리트로 된 좁은 지하 공간인 식량 저장고에 전부 넣어 두었다. 그곳에 가서 하나씩 쓰다듬듯이 꺼내어 국건더기로 쓰거나 굴려 가며 바짝 조린다. 물론 건조식품도 쓴다. 유바**나 표고버섯 그리고 미역, 톳, 무말랭이, 다시마 같은 것들을 채소와 섞는다.

한겨울의 저장고에서 토란 한 알을 쓰다듬으며 꺼내

** 두부가 익어 엉길 때 표면에 생긴 막을 걷어내 말린 것. 한국에서는 '두부껍질' 혹은 '두부피'로 칭한다.

는 마음을 알아주었으면 좋겠다. 바깥은 영하의 혹한이다. 윙윙 바람 불고 난로 연기마저 얼어붙어 하늘에서 부서지는, 한시도 바깥으로 나갈 수 없는 추위다. 그럴 때 손에 든 토란이 고맙다. 빨리 따스한 햇살이 내리쬐는 봄이 왔으면 좋겠다. 나는 원망스러운 마음으로 밭을 바라보다 칼로 조심스레 토란 껍질을 삭삭 긁어내듯이 벗긴다. "산처럼 높은 선근(善根)도 티끌을 쌓아 이루는 것과 같지 않은가." 하고 되뇌면서 말이다.

이것이 정월부터 이월에 이르는 나의 일상이지만, 제철을 먹는 나날의 즐거움은 아직 오지 않았다.

이월, 된장을 즐기다

이월의 글을 나무공이 이야기로 시작하는 게 좀 이상하지만 이달은 된장을 즐길 것 같기에 우선 그 이야기부터 해 둔다.

지금 쓰고 있는 나무공이는 내가 직접 만들었다. 이전에 가루이자와에서도 남쪽의 산 중턱에 작업실이 있던 무렵, 작업실 부지라고 해 봐야 잡목림이었지만 현관 앞의 경사지를 벌목하다가 한 그루의 거대한(도시 사람이 느끼기에), 어른 팔뚝만 한 굵기의 산초나무를 발견했다. 뿌리에서 약 60센티미터 되는 높이에서 큰 줄기가 두 갈래로 갈라져 있었다. 가지는 산지사방으로 뻗어 빗자루처럼 펼쳐져 있고, 잎은 나뭇가지 끝으로 갈수록 무성했다. 줄기 표면은 이 나무의 특성상 당연히 우툴두툴하고 다갈색에 거칠거칠하여 그다지 느낌이 좋지 않았다. 현관 앞에 길을 내려고 하니 이 나무가 방해가 되었다. 정원사가 무참히 나무를 베어 넘어뜨리는 걸 보고 있자니, 옛날 쇼코쿠지(相國寺) 본사 경내의 작은 절이던 즈이슌인(瑞春院, 내가 아홉 살에 처음으로 동자승이 되었던 절)에 있던 무렵, 그곳 주지 스님이 산초나무로 나무공이를 만들었던 일이 떠올랐다. 묘한 일이다. 나무가 살아 있을 때는 생각나지 않더니 장작으로라도 쓰라며 45센티미터 정도의 길이로 잘라 던져 놓은 걸 보고서야 갑자기 떠오른 것이다.

정성 들여 나무껍질을 벗겼지만 유감스럽게도 산에서 자라난 나무라서 휘어져 있었다. 그러나 휘어진 부분은 손에 잡기 좋도록 안배한 것만 같았다. 그래서 종일 나무껍질을 벗기고 매끈매끈해지도록 문질렀다. 이렇게 다듬은 것이 지금 가지고 있는 두 자루의 나무공이다. 끝의 모난 부분을 끌로 둥글게 다듬고 처음에는 사포로 매끄럽게 만들었는데, 이윽고 나무공이로 사용했더니 처음의 매끈하던 질감이 좀 변해서 손끝으로 느껴질 정도로 닳았음을 알 수 있었다. 그만큼 절구에 많이 문질렀다는 증거일 것이다. 삼나무인지 소나무인지는 모르겠으나 백화점에서 파는 일반적인 나무공이보다 뭉개는 맛이 있었다. 산초나무가 녹아들어 무침이나 된장에 스며드니 나무공이로 뭉갤 때의 즐거움도 거기서 생겨난다.

나는 산초를 좋아한다. 외할머니 집이 있던 와카사의 시골에는 산초나무가 없는 집이 없었다. 열매를 맺는 나무와 맺지 않는 나무가 있었는데, 외할머니 집의 산초나무는 곧잘 열매를 맺었다. 할머니는 매년 그 열매를 따서 잎과 함께 조려 항아리에 넣어 두었다. 할머니가 이것을 먹는 방식이 특이했는데 따뜻한 밥 위에 산초조림 국물을 끼얹었다. 항아리에 손을 대지 않고 젓가락을 중간 정도까지 집어넣어 젓가락에 묻은 국물과 열매 몇 개를 따뜻한 밥 위에 얹어 비벼 먹었다. 항아리

가 꽤 커서 그 안에 담긴 산초 열매와 국물을 아침저녁
으로 먹는다 해도 혼자 사는 할머니에게는 넉넉한 양이
었다. 그런데도 이를 매우 소중히 여겨서 손주인 우리
에게도 주지 않았다. 할머니는 여든세 살까지 장수하셨
다. 산초를 보면 나도 할머니를 닮아 장수하려나 싶다
가도, 곧바로 산초조림 국물과 열매 몇 개를 삼시 세끼
의 낙으로 삼았던 할머니가 그리워진다. 그리고 그만큼
산초는 내 혀를 쌉싸름하고 짭짤하게, 또한 달콤하게
자극한다. 나무공이 끝이 눈에 보이지 않을 만큼 문질
렀다 싶을 즈음, 나무공이가 휘젓고 있는 된장에서 희
미하게 산초 냄새를 맡는다.

　가루이자와에서는 산초가 늦게 싹을 틔운다. 그래
서 겨울철에는 도쿄에서 오는 사람에게 사다 달라고 부
탁하는데, 그조차도 없을 때는 저장해 둔 열매를 쓴다.
맨 처음 양념절구에 열매를 넣어 곱게 간 다음 백된장
을 넣고 섞는다. 하지만 색을 더하기 위해 부드러운 시
금치 잎을 넣을 때도 있다. 할머니 식으로 이야기하자
면 된장만으로도 풍미가 있어 밥이 맛있지만, 여기에다

가까운 동네인 도부마치의 호두를 쪼개서 알맹이를 잠시 끓는 물에 데친 다음, 속껍질을 벗기고 다른 양념절구에서 곱게 간 것을 앞서 만들어 두었던 된장에 넣어서 다시 잘 간다. 때로는 땅콩 등도 쓰는데 정진요리에서 유일하게 지방을 섭취할 수 있는 재료일 것이다. 그저 그런 싼 고기를 먹는 것보다 훨씬 맛있고, 술안주도 될 수 있고, 밥에 얹어 먹어도 맛있다.

또한 토란을 앞서 말한 대로 정성껏 껍질을 벗기고 잘 익힌 다음, 산초된장을 섞는다. 이때 된장을 부드럽게 만들기 위해 샐러드 오일과 미림을 조금 섞기도 하는데 통째 삶은 토란을 소금에 찍어 먹는 것보다 부드러운 단맛이 난다. 여기에 식초를 섞는다는 이야기도 들었지만 나는 신 것은 좋아하지 않는다. 그래서 오로지 토란의 맛을 된장의 단맛으로만 즐긴다. 물론 백된장 말고 다른 된장을 쓰는 경우도 있는데, 신슈 지역의 된장에 설탕을 넣고 미림과 함께 잘 섞으면 여기에서도 산초의 독자적인 풍미가 발휘된다.

꼬치구이는 순무, 곤약 등으로 만드는데 역시 산초된

장을 쓴다. 종종 도쿄의 가게 등지에서 순무만 사용하고 된장은 바른 시늉만 해 놓은 걸 보고 당황할 때가 있는데, 나는 된장을 충분히 즐겨 주었으면 해서 넉넉하게 얹는다. 담아 낸 방식도 언뜻 촌스럽게 보일지는 모르나 먹어 본 사람은 된장에 먼저 감탄한다.

미니순무도 먼저 정성스럽게 껍질을 벗겨서 통째로 다시마 국물에 익혀둔다. 된장을 묽게 만들 때도 이 국물을 조금 더하고 설탕, 미림으로 맛을 낸다. 넉넉히 담아낸 다음 씨겨자 등으로 향을 더하면 고급스러워진다.

곤약은 통째로 살짝 데친 다음, 이를 1.5센티미터 정도로 자르고 다시 삼등분해서 꼬치에 꽂는다. 작게 만드는 이유는 나이 든 손님이 한입에 먹을 수 있게 하기 위해서이다. 사이쿄된장*에 미림을 더하고 산초를 잘다져 넣어 향만 보태기도 한다.

여기서 중요한 이야기를 해 두어야 할 것 같은데, 나

---

*   교토를 비롯한 간사이 지방에서 만드는 백된장. 보통의 된장보다 짠맛이 덜하고 단맛이 나는 것이 특징이다.

는 앞서 말한 산적을 만들 때나 된장에 이것저것 섞을 때 딱히 조리대에 재료를 늘어놓고 법석을 떨지는 않는 다. 대부분 밥을 지으며 만들거나 국을 끓이며 만든다. 시간도 수고도 그리 들이지 않는다. 물론 미니순무 등을 익힐 때는 다소 시간이 걸리지만 양념절구에 가는 것은 4, 5분이면 끝난다. 이는 절에서 배웠기 때문이 아닌가 싶다. 절에서는 밥 짓고, 국 끓이는 일을 하나씩 하는 경우가 거의 없다.

반찬을 만들거나 국을 끓일 때는 밥을 지으면서 동시에 해야 한다. 전좌는 국과 반찬을 준비하는 곳을 친히 살피면서 수행하는 행자(行者)나 종[奴者], 혹은 일꾼[火客]을 부려서 필요한 것을 갖추도록 한다. 요즘 큰 사원에는 밥만 짓는 반두(飯頭)와 부식만 담당하는 갱두(羹頭)가 있으나 이는 본디 전좌가 부리는 이들이다. 옛날에는 반두와 갱두가 없었고 전좌가 혼자 맡았다.

『전좌교훈』의 한 구절이다. 하지만 혼자 하면 손이 덜

가도록 생략하는 일이 생긴다. 언젠가 내가 부엌 한 구석에 대충 잘라서 버린 시금치 뿌리를 노스님에게 들킨 일이 있었다. 노스님은 잠자코 그것을 주워 모으며 "잘 씻어서 나물에 넣거라" 하셨다. 나는 얼굴이 화끈했다. 시금치 뿌리는 깨끗이 씻기가 힘들다. 흙이 뿌리가 뭉친 곳에 달라붙어 있는 데다 껍질이 단단해서 잘 씻지 않으면 나물에 흙 알갱이가 섞이기 일쑤다. 뿌리를 하나하나 펼쳐서 물속에서 지저분한 부분을 깨끗이 씻은 다음, 껍질도 손톱으로 잘 벗겨서 불그스름한 뿌리를 정갈하게 다듬어 잎 부분과 함께 사용하는 것이 옳다고 알고 있었지만, 바쁠 때는 생략했다.

이렇게 생략한 데는 부드러운 잎과 뿌리를 동시에 데칠 수 없다는 이유도 있다. 뿌리가 딱딱하기 때문이다. 물론 뿌리부터 끓는 물에 넣어 잘 익었는지 가늠한 다음 잎을 넣는 것이 상식이지만, 이때 뿌리 끝부분을 잘라 버리면 조리 시간이 절약된다. 또한 뿌리가 아까워 조심해서 잘 씻었더라도 만에 하나 맛있는 잎에 흙이 섞여 지근거리면 따로따로 다듬고 싶다는 생각이 절로

든다. 내가 그날 부엌 구석에 시금치 뿌리를 버린 것은 그 때문이었다. 노스님은 화를 내시지 않고 "제일 맛있는 부분을 버리면 아깝지"라고만 하셨다. 이런 일도 도겐 선사의 다음과 같은 말과 겹친다.

모든 음식을 조리하고 준비할 때 평범한 사람의 눈으로 보아서는 안 된다. 평범한 사람의 마음으로 생각해서도 안 된다. 한 포기의 풀을 뽑는 일에서도 불도(佛道)를 실현하고, 작은 티끌 같은 곳에 들어가서도 위대한 불법[大法輪]을 설파하도록 한다.

비록 변변찮은 채소로 국을 끓일 때도 그 일을 싫어하거나 하찮게 여겨서는 안 된다. 우유가 들어가는 고급 요리를 만들 때도 크게 기뻐해서는 안 된다. 집착하는 마음이 사라진다면 싫어하는 마음이 생기겠는가. 그래야 하찮은 것이라도 결코 소홀히 하지 않고, 훌륭한 것을 만나도 더 정진하는 법이다. 결코 물건에 따라 마음이 변하거나, 사람에 따라 말을 바꾸어서는 안 된다. 이는 수행하는 사람이 할 행동이 아니다.

실로 엄격한 말씀이다. 시금치 잎이든 꼭지든 다 같다. 어느 것은 중히 여기고 어느 것은 업신여겨서는 안된다는 가르침이다. 혼코 노스님이 도겐 선사처럼 말씀하신 것은 아니지만, 내가 버린 시금치 뿌리를 건네받으며 위와 같은 교훈이 귀에 들리는 듯한 기분이 들었다. 물론 내가 중학생 시절에 『전좌교훈』을 읽지는 않았다. 그러나 앞서 말했듯이 때로 절에 행각승 사형이 돌아와서 승당에서 지켜야 할 생활의 규범을 가르쳤는데, 전좌 한 사람이 무심코 중얼거린 말 속에는 다양한 인생 교훈이 들어 있었다. 지금 도겐 선사가 말하는 나물 한 줄기도 소홀히 하지 마라, 좋은 재료가 손에 들어왔다고 희희낙락하지 마라, 우유가 있다고 기뻐하지 마라, 물건에 따라 마음을 바꾸지 마라, 그것은 사람을 보고 말을 바꾸는 거나 마찬가지다, 라는 훈계를 깊이 생각한다. 그 말씀대로 흙에서 난 한 포기, 한 뿌리마다 평등한 가치가 있다.

분명 그렇다. 내가 올해 가루이자와에서 키운 무는 잘 자라지 않았다. 바빠서 밭을 잘 갈지 못한 탓도 있지만 날씨도 좋지 않아서 채소도 당황했을 것이다. 평소대로라면 푸른 무청이 흙에서 쑥쑥 올라올 텐데, 올해는 땅에 묻힌 채로 꽤나 움츠려 있더니 가을이 깊어서야 겨우 키가 예년만 해졌다. 그래서 뽑아 보았더니 무 윗부분은 그렇지 않았지만 아래로 갈수록 야위어서 끝부분이 도마뱀 꼬리처럼 가늘었다.

내가 "틀렸네요. 봄부터 기대하고 있었는데"라고 손님에게 말하니 손님도 "이래서야 갈아 먹는 정도로밖에 못 쓰겠네요" 한다. 과연, 둥글게 잘라 유부와 조려 보았더니 아무래도 개운치 않은 쓴맛이 남는다. 심지어 바람도 들었다. 이대로 손님에게 낼 수 없다. 그래서 손님의 말처럼 강판에다 갈았더니 얼마나 맵던지. 그런데 그 매운맛이 독특했다. 밥 위에 얹으니 달콤해져 혀를 적셨다. 옛날 무였다. 아니, 우리가 잊어버리고 있던 무의 맛이었다. 요즘 무는 보기는 좋으나 물기가 많고 싱겁다. 시험 삼아 요즘 무를 갈아 보라. 어딘지 맛이 싱겁고 뭔가가 빠진 듯하지 않은가. 나는 언뜻 보기에 이 형편없어 보이는 무가 제대로 된 매운맛을 독자적으로 고수하고 있다는 데 감동했다. 도시 사람 같으면 볼품없다고 버렸을 것이다. 무엇보다 농민이 이런 무를 출하하면 시장에서도 사지 않을 것이다. 규격에 미치지 않는 쓸모없는 무에 진정한 맛이 남아 있음을 올해에 알게 되었는데, 이때도 나는 앞서 말한 『전좌교훈』을 생각했다. 그야말로 "한 포기의 풀을 뽑는 일에서도 불도(佛道)를 실현하고, 작은 티끌 같은 곳에 들어가서도 위대한 불법[大法輪]을 설파하도록 한다." 볼품없는 무를 비웃을 자격이 우리에게는 없다. 존중하여 살리면 밥상한 귀퉁이에서 반짝 빛내는 역할을 한다. 그 역할을 끄집어내는 게 요리가 아닐까.

　이런 식으로 생각해 보면 된장 또한 여러 가지를 가르쳐 준다. 지방에서 종종 내가 사는 곳으로 특산물 된장을 보내온다. 교토에서 보내오는 백된장이 으뜸이지만, 내가 사는 신슈에는 다양한 된장이 있어서 적된장, 백된장을 비롯해 색도 여러 가지다. 나아가 나고야, 센다이, 에치젠 지역의 된장 등도 저마다 색과 생김이 달라서 개성을 다툰다. 그런데 이들을 잘 음미하다 보면 무척 맛없게 느껴지는 된장이 있다. 이름은 거론하지 않겠지만 된장국으로 만들어도 신통치 않아서 그다지 먹지 않았는데, 이것을 다른 된장과 한번 잘 섞어 본 적이 있다. 그랬더니 그때만큼 맛있는 된장을 맛본 적이 없을 정도였다. 비닐이나 플라스틱 용기에 든 된장을 하나하나 단독으로 음미해서는 진가를 알지 못하는 때도 많다. 센다이와 에치젠의 된장을 섞어 보거나 교토와 와카사의 된장을 섞어 보거나 아니면 거기에 니가타현의 에치고 다카다 지역 된장을 더해서 앞서 말한 나무공이로 이긴다.

내가 산초가 들어간 꼬치구이나 된장을 바른 토란이 맛있다고 썼지만 사실 이러한 된장 사용법은 적지 않다. 당연하다. 어디 된장이었는지 잊어버렸지만 콩 알갱이가 제법 남아 있는 것이 있었는데 이를 그대로 국으로 끓였더니 국그릇 밑에 콩 알갱이가 남았다. 이번에는 이를 잘 이겨서 알갱이가 남지 않도록 했더니 전혀 다른 맛이 나왔다. 수고를 덜려고 해서는 안 된다. 한 포기의 풀을 뽑는 일에서도 불도를 실현할 수 있는 것도 실은 늘 수고하기 때문이라고 믿는다. 노스님은 내게 그때 시금치의 불그스름한 뿌리도 나물에 함께 넣으라고 하셨다. 나는 그대로 했다. 그러자 잎의 부드러운 초록빛이 도는 부분에 붉은 뿌리가 꽃처럼 뿌려져 화려해졌고 혀 위에서는 뿌리가 달콤함을 더했다. 그렇다고 또 뿌리만 있으면 그 또한 가치가 없다. 파릇한 부분에 뒤섞여 있기에 달콤한 맛과 색이 발휘된다. 나는 그때부터 오늘에 이르기까지 요릿집이나 술집에서 시금치 무침이 나오면 뿌리 부분을 찾는다. 화려한, 즉 고급 식당으로 갈수록 시금치 이파리만 나왔다. 뿌리는 버려지고 없었다.

독자들이 선종의 정진요리란 몹시 쩨쩨하고 궁상맞은 것이라고 생각할 수도 있다. 그것도 자유다. 도겐 선사의 방식대로면 무 한 개에서도 버릴 부분은 아무것도 없으니 과연 그 말대로다. 그러나 뛰어난 전좌가 어느 부분에 그것을 쓰느냐에 따라 요리가 어떻게 결정될지 모른다. 즉 궁리의 기지가 필요한 것이다.

예를 들어 내가 이번에 만들어 본 머위 꽃대 석쇠구

이라면 색다른 맛이 날 것 같지 않은가. 모양이 좋은 머위 꽃대를 골라 꼬치에 두세 개씩 꽂고, 샐러드 오일을 바른 다음 고추를 굽듯이 석쇠에 굽는다. 옅은 갈색으로 변할 즈음 접시에 담고 단맛이 나는 된장을 곁들인다. 술꾼치고 이 요리를 싫어할 사람은 거의 없다.

뛰어난 옛 스님들이 앞서 이야기한 요리에 만약 입맛을 다신다면 이를 물려받아 더 뛰어나게 만들어야만 할 것이다. 옛 스님이 만약 서푼 비용으로 나물국을 끓였다면 오늘날에는 서푼으로도 타락을 넣은 무침과 같은 더 귀한 요리를 만들자고 마음 먹을 정도의 정진을 해야 한다는 것이 도겐 선사의 말씀이다. 여기서 나는 정진요리의 '정진'이란 말을 처음으로 깨닫는다.

지금까지 매우 막연하게만 생각했던 '정진'이라는 말이 옛 스님들의 요리를 더 낫게 만들라는 의미라면 나로서는 혼코 노스님을 따랐던 세월이 내 음식 맛의 역사에서 두터운 밑바탕을 이루었다고 말할 수밖에 없다.

삼월, 겨울 밥상에 더한 푸른색

　손님이 와서 급히 대접해야 할 때는 장바구니를 들고 슈퍼마켓으로 곧장 달려간다. 빛나는 형광등 아래 계절에도 맞지 않고 제철도 아닌 재료들이 뭐든 비닐봉지에 담겨 어지럽게 진열된 것을 이리 보고 저리 보며 상차림을 생각해야 한다. 그런 사람들이 많다. 내 아내 같은 이도 대체로 그런 식이다.

　이때 '상차림[獻立]'이라는 말을 생각해 보면 무척 흥미롭다. 손님의 취향을 헤아려서 해 드리는[獻] 대접이 슈퍼에 가서 기업에 해다 바치는 결과가 되는 경우를 볼 수 있다. 즉, 겉보기에 이끌려 무심코 손을 뻗은 재료를 사서 돌아와 손님에게 강요하는 경우가 있지 않을까. 그럴 때 아내는 으레 하는 말로 "입에 맞으세요? 보잘것없지만 드셔 보세요"라고 한다. 손님의 기호를 배려하지 않는 것이지만 그게 '해 드리는 것'이 된다.

물론 나는 그에 관해 견해가 달라서 정진이란 옛사람이 만든 것을 더욱 뛰어나게 만들기 위해 노력하는 것이라고 말하는 것과 마찬가지로, 상차림 역시 손님의 취향이 중요하다고 생각한다. 단맛을 좋아하는 사람이 있는가 하면 짠맛을 좋아하는 사람도 있다. 전날부터 속에 탈이 난 사람도 있고, 꽤 허기진 것을 참고 찾아오는 사람도 있다. 손님은 천차만별이다. 하지만 대체로 사정을 헤아릴 수 있어서 손님의 기호를 잘 생각해 재료를 맞추는 게 정진의 한 걸음일지도 모른다.

하지만 삼월에 접어들어도 여전히 밭이 얼어 있는 이 지역에서는 아무리 손님의 취향을 헤아리고자 해도 조리할 재료가 아무것도 없다. 슈퍼마켓까지 문을 닫았다면 그럴 때는 어떻게 해야 할까. 도시라면 초밥이나 장어 같은 배달 음식을 시킬 수 있을 것이다. 교토 등지에서는 배달 전문 음식점에 부탁할 수도 있다. 하지만 나는 역시 아무것도 없는 부엌에 가서 머리를 짜낸다. 그래서 이번 달은 아무것도 없을 때 다급하게 만드는 요리이면서 '집에 있는 재료로 형편에 맞추어' 손수 만드는 요리에 관해 이야기하려 한다.

맨 먼저 이야기할 요리는 고야두부*다. 나는 식감이 좋은 이 고야두부를 달짝지근하게 조린 것을 좋아해서 손님의 기호가 어떤지 물어보고 조림을 만든다. 내가 있는 이곳은 '언두부'라는 이름이 붙은 신슈 고야두부의 산지인 사쿠의 모치즈키 지역과 가깝다. 그쪽에 거처가 있는 부부가 겨울에 같이 지내고 있어서 연말에는 새로 만든 두부를 인편으로 손에 넣을 수 있다. 아직 새끼줄에 묶여 처마 밑에서 건조되고 있는 두부를 대여섯 개 물에 불리고, 잘 불어나면 가볍게 물기를 짠 후 다

---

* 두부를 얼려서 건조시킨 것으로 고야 사찰에서 만들기 시작해 붙여진 이름이다.

시마 국물, 간장, 미림, 설탕으로 간을 해서 형태가 부서지지 않고 맛이 속속들이 스며들도록 느긋하게 조린다. 서두르지 않고 천천히 보글보글 조리는 것이 요령이다. 그럴 때 나는 가스 불을 강하게 하지 않고 약한 불로 두고 천천히 조리면서 책을 읽거나 다음 작업에 들어간다.

다음으로는 무엇을 조릴까. 건조식품이 들어 있는 상자를 들여다보니 말아 놓은 유바가 눈에 띈다. 내친김에 이것도 물에 불려 다시마 국물, 설탕, 간장으로 약간 진하게 간을 해서 조린다. 게다가 옆에 톳이 있다면 이것도 좋다. 유부도 섞어서 국물이 자작하게 바싹 조린다. 주의하지 않아 질척질척하게 조려져서 쓴맛이 나는 검은 국물이 접시에 담길 정도면 맛이 없다. 역시 바싹 조리는 게 내 입맛에 맞다. 독자 여러분은 어떨까.

난로 위가 비어 있을 때는 종종 아침부터 물에 불려 둔 강낭콩이나 잠두를 살살 조린다. 콩을 불릴 때 물에 잠길락 말락 하지 않으면 콩에 주름이 지니 조심하고, 조릴 때도 물이 끓어오르면 때때로 물을 더 부어 준다.

중간에 소금을 조금 뿌려 주면 나중에 설탕으로 맛을 낼 때 이 소금 덕에 충분히 맛이 더 살아난다.

건조식품 상자만 열어도 이런 것들을 만들어낼 수 있다. 그러나 이것들만 가지고서는 충분하지 않으므로 역시 겐친지루*나 채소 냄비 요리 등 푸짐한 요리를 중심으로 하고 앞에 말한 조림 등을 곁들이면 대접받는 손님도 정말 보잘것없는 요리지만 좋아해 준다.

자, 여기서 실패담을 들려주겠다. 고야두부를 물에 불릴 때 전통적인 방식으로 만들어진 제품을 그냥 물에 불리면 간수가 남아 먹을 수 없다. 앞서 신슈 고야두부 이야기에서 단순히 불린다고 썼지만 실은 맛을 보았을 때 간수 맛이 지독해 어쩔 수 없이 한 냄비를 버리고 새로 조렸다. 역시 전통 고야두부는 식소다를 넣고 뜨거운 물을 부어 부드러워질 때까지 기다리는 시간이 필요하다. 그런 다음 하나하나 정성껏 탁한 물을 짜내고 깨

---

*   두부, 우엉, 표고 등을 기름에 볶다가 육수를 더해서 조리고 마지막에 간장이나 된장으로 간을 하는 채소 맑은 장국.

끗한 물을 담은 볼로 옮겨 담기를 몇 번이고 반복해서 뿌연 물이 나오지 않을 때까지 물기를 잘 짠다. 그러니 도쿄에서 가져온 선물의 경우는 논외로 하고 슈퍼마켓 등에서 산 고야두부를 물에 담그기만 해도 괜찮은지 모르겠다.

고야두부 때문에 문득 생각나는 일이 있다. 몇 년 전에 연출가 기무라 고이치 씨가 영국의 극작가 아널드 웨스커* 씨를 우리 집에 데려온 적이 있다. 시간이 꽤 늦어서 저녁 식사 시간도 지났기 때문에 아주 간단한 술안주들을 생각해 내 상차림을 해 보려고 애썼지만, 재료가 없어 고야두부를 조려서 내놓았다. 그랬더니 웨스커 씨가 이 두부 조림을 무척 놀랍게 여기며 자기네 나라말로 뭐라 뭐라 말했다. 젊은 통역사가 옆에서 "미즈카미 선생님, 이 수프의 이름을 가르쳐 주세요. 웨스커 씨가 맛이 무척 마음에 든답니다" 말했다. 나는 곧

---

* 영국 사회극의 대표적인 극작가. 호텔, 레스토랑 주방에서 요리사로 일한 경험이 녹아 있는 『키친』(1957), 『보리를 넣은 치킨 수프』(1958) 등의 작품이 있다.

장 "노, 수프가 아니에요!"라고 외치며 "이것은 고야두부라는 음식으로 만든 어엿한 조림입니다"라고 해 주었다. 통역사가 수프가 아니라고 전해 주니 "노! 맛있어요, 수프! 맛있는 수프"라며 웨스커 씨는 내 말을 듣지 않았다.

두부에 스며든 조림 국물이 맛있다는 걸까. 이 극작가의 고향에서는 이런 것을 수프의 맛을 내기 위한 재료로 사용하는 걸까. 고야두부의 꺼끌꺼끌한 식감이 국물을 우려낸 찌꺼기 같아서일까. 나는 몹시 어처구니가 없어서 "여기 들어 있는 두부는 흔한 두부가 아니라 얼린 두부라고 해서 북쪽 지방에서 생산하는, 혹한기에 특별한 방법으로 만드는 저장식품이에요. 그래서 이 음식은 수프로 맛을 즐기는 게 아니라 잘 어우러진 단맛과 짠맛을 두부 자체에 스며들게 해서 그 두부를 음미하는 게 제대로 먹는 법이고, 그 국물은 그저 조림 국물에 지나지 않아요"라는 내용을 통역사에게 통역해 달라고 부탁했다. 그럼에도 "노, 노! 디스 이즈 수프"라며 웨스커 씨는 수프라는 고집을 꺾지 않았다.

알다시피 웨스커 씨는 몇몇 명작 희곡을 썼다. 특히 그의 첫 작품인 『키친』은 런던 도시 식당의 한 주방을 무대 전면에 내세웠다. 주방에서 일하는 사람들의 일상과 인생을 다층적으로 묘사하면서 도시의 식당에서 요리가 만들어지는 가혹한 시스템이 주방 사람들의 삶을 고되고 뒤틀리게 만든다는 개성적인 시점이 흥미로운 작품이다.

일본에서는 기무라 고이치 씨가 연출한 이 작품을 나도 기노쿠니야 홀에서 봤고, 웨스커 씨가 요리사 출신 작가라는 사실도 알고 있었지만 '고야두부 수프론'에는 절대로 굴복할 수 없었다. 이때의 수프 논쟁을 영문학자 오다지마 유시 씨가 무척 재미있게 생각해서 어느 신문 칼럼에 소개한 모양인데, 누가 뭐라 해도 고야두부를 수프 우려내고 남은 찌꺼기 취급을 하는 건 내 목에 칼이 들어와도 용납이 안 된다.

웨스커 씨는 그러나 돌아가는 길에 내가 선물한 고야두부를 잘 챙겨서 가방에 감추듯이 넣으며 "미스터 미나카미*, 생큐"라고 말했다. '수프 우리고 남은 찌꺼기'

가 어지간히 맛있었나 보다.

　겨울 밥상에 푸른색을 가미하려면 요령이 필요한데,
강낭콩이나 꼬투리째 먹는 청대 완두 무침은 그렇다 치
고 고야두부를 섞은 쑥갓이나 냉이 무침이 꽤 괜찮다.
미리 불려둔 고야두부를 뜨거운 물에 잘 삶아 식힌 후
물기를 꼭 짜서 가늘게 채를 친다. 이것을 식초, 간장, 설
탕, 미림과 함께 조린 다음, 식혀서 참기름으로 버무린
다. 여기에 데친 쑥갓이나 냉이를 잘게 채썰기해 섞는
다. 색감도 무척 보기 좋고, 건조식품과 계절의 흙이 어
울린, 풍미가 좋은 맛이라고 생각한다.

　이런 음식도 내가 도지인에 있을 때 혼코 노스님에
게 배운 것이다. 푸성귀가 별로 없는 계절은 그렇게 재
료를 섞어서 푸른 채소를 밥상에서 돋보이게 한다. 물
론 사원의 정원이나 덤불 그늘에 가면 원추리 같은 것

---

*　　미즈카미 쓰토무는 '미나카미 쓰토무'로 불리기도 했다.

순무

별꽃

냉이

무

미나리

개보리뺑이

떡쑥

이 눈에 잘 띄었고, 별꽃이나 냉이 등의 칠초*가 잘 자라고 있었다. 이것들을 캐서 참깨로 버무리기도 하는데 양이 적을 때 고야두부와 섞어 사용하는 요리법은 다들 잘 알지 못할 것이다.

묘신지(妙心寺)의 관장이었던 가지우라 이쓰가이 스님의 저서를 읽으면 가지우라 스님도 일찍이 까다로운 스승님께 정진에 관한 가르침을 받았고, 특히 다이토쿠지(大德寺) 노스님의 '돈이 들지 않는 정진' 때문에 애를 먹었다는 고생담이 나와 있다.

아무것도 사지 않는 것이 노스님의 방식이니 밭에 있는 감자, 푸성귀 등 있는 것만 가지고 만들 수밖에 없다. 은시가 된 첫해에는 그렇게 하지 못했지만 배우기보다 익숙해지라는 말처럼 은시 일을 거듭할 때마다 잘하게 됐다. 그리하여 두 번째로 은시가 되었을 때는

* '봄의 일곱 가지 나물(春の七草)'의 줄임말. 대표적인 봄나물인 미나리, 냉이, 떡쑥, 별꽃, 개보리뺑이, 순무, 무를 말한다.

연근, 감자, 당근, 무 등 어떤 재료라도 제철인 동안에는 단 한 번도 같은 형식으로는 절대로 올리지 않는다는 비원(悲願)을 세우고 실행했다.

안타깝게도 가지우라 스님은 제철일 때 차례차례 상에 올라갔을, 모두 다른 형식의 요리들을 말씀해 주시지 않았지만, 나는 대체로 어떤 음식이었을지 상상해 볼 수 있다. 밭은 늘 오래되고도 새롭다. 그래서 이러한 말씀을 잘 이해할 수 있다.

죽순을 만나면 죽순이 되고, 송이버섯을 만나면 송이버섯이 되고, 당근을 만나면 당근이 되고, 감자를 만나면 감자가 되고, 무를 만나면 무가 되고, 순무를 만나면 순무가 되어서 그들이 가진 맛을 앎과 더불어 한 가지 맛으로는 요리가 되지 않으니 제각각 가진 맛을 함께 내게 해 그 맛들이 융합하여 완전한 하나의 맛이 나게 해야 한다는 사실을 깨달았다.

그리하여 재료를 합쳐도 보고, 무쳐도 보고, 뭉개도 보고, 굳혀도 보고, 갈아서 으깨도 보고, 기름에 튀겨도 보고, 조려도 보고, 구워도 보고, 식초를 넣어 보고, 간장을 넣어 보고, 설탕을 넣어 보고, 소금을 넣어 보는 등 마치 화학 실험이라도 하듯 다양한 배합을 궁리했다. 덕분에 여러 가지 요리를 완성했고 그러는 동안 자연과 맛의 상성(相性)을 알게 되었다.

자연과 맛의 상성을 알게 되기까지는 상당한 세월이 필요하다. 스승에게 욕을 먹거나, 호되게 야단맞거나 혹은 반대로 스승이 입맛을 다시거나, 스승에게 칭찬을 받으며 그날그날 가장 잘 어울리는 요리를 배우고, 칭찬받은 맛에 다시 또 궁리를 보태 문자 그대로 정진을 거듭한다. 마찬가지로 재료도 궁리해 사용하지 않으면 죽어 버린다. 몇 가지 안 되는 겨울 채소가 궁리를 더하면 빛나는 맛이 된다.

내가 가루이자와의 부엌에서 고독하게 아무도 없이 혼자 지내는 시간에 시시한 요리를 시험 삼아 만들고 맛을 보고 있는 풍경을 본다면 독자들이 비웃을까. 요즘 나는 삶은 감자를 양념절구로 곱게 으깬 다음 사발에 담아 냉장고에 넣어 둔다. 손님이 왔을 때 오이가 있으면 오이, 당근이 있으면 당근, 무가 있으면 무, 뭐든 좋으니 데쳐서 직사각형으로 썬 다음 준비해 둔 으깬 감자와 버무리고 옆에 마요네즈를 곁들여 담아낸다. 손님은 입맛을 다시며 어김없이 이렇게 말한다. "이제 이렇게 손이 많이 가는 채소샐러드는 사라졌어요. 어디를 가도 요리사가 생채소만 담아서 내와요……."

즉, 감자를 으깬 샐러드는 사라졌다는 말이다. 나는 그렇게 말하는 사람에게는 나중에 사과를 작고 얇게 썰어 으깬 감자에 버무려 내준다. 그러면 손님은 눈을 동그랗게 뜨고 덥석덥석 먹는다.

또 한 가지 나의 간단한 요령을 얘기하자면 맛있는 신슈 사과를 주사위 모양으로 작게 깍둑썰기하고 양상추도 마찬가지로 잘게 썰어서 으깬 감자와 마요네즈를 섞어 버무린다. 이것을 푸른 양상추 잎에 올려 내도 좋고, 접시에 담아내도 좋다. 브랜디 등을 마실 때도 안성

맞춤이고 또 식사 전후에 먹으면 속이 상쾌해진다.

헤아리자면 끝이 없다. 어떤 요리법인지는 알 수 없다. 서양인지 동양인지, 당나라인지 송나라인지도 모르겠지만 어쨌든 재료를 뚫어져라 바라보며 그 재료가 되어서 모험 삼아 하나씩 새로운 시도를 해 보는 즐거움이 남다르다. 실패할 때도 있지만 좋은 맛을 하나 만나면 메뉴가 늘어난다. 이렇게 찾은 맛은 입으로 아무리 설명해 봤자 시시할 따름이다. 마치 어떤 비법처럼 그때그때의 상황에서만 만날 수 있는 맛이 있기 때문에 독자들도 내가 낸 맛과 같은 맛의 요리를 만들 수 있을지는 보증할 수 없다. 하지만 해 보지 않으면 알 수 없을 것이다. 생각이 나면 혼자 몰래 해 보는 거다. 실패하면 혼자서 얼굴을 찌푸리면 그만이다.

『전좌교훈』에 재미있는 부분이 있다. 도겐 선사가 송나라 경원부(慶元府, 현재 저장성 닝보시)에서 배를 탔을 때 나이가 예순 정도 되는 승려와 만났다. 그 승려가 배에서 일본산 표고버섯을 사는 모습을 보고 물어보니 육왕산(育王山)의 전좌였다. 예순의 나이에 부엌 당번이라니. 선사는 그가 이 배까지 삼십사, 오 리나 되는 길을 왔다는 데 감동한 듯하다. 그 먼 길을 노승은 터벅터벅 걸어서 표고버섯을 사러 온 것이다.

그런 노승이 의아해 도겐 선사가 물었다.

"절에 같은 일을 하는 사람이 많을 텐데요, 어찌하여 대신할 사람을 보내지 않으셨습니까?"

전좌가 대답했다.

"저는 이 나이가 되어서 그 일터에 있습니다. 이야말로 늙은이도 할 수 있는 불도 수행이지요. 다른 사람에게 어찌 미루겠습니까. 그리고 이곳에 나올 때도 하룻밤 묵을 수 있는 허락마저 받아오지 않았습니다."

"스님 정도 되시는 연세에 어찌하여 좌선 수행에 힘쓰거나 선인들의 불도 수행에 관한 일화를 읽지 않으십니까? 번거로운 전좌 일을 맡아서 그 일에 전념하면 무슨 좋은 일이 있습니까?"

전좌가 크게 웃으며 말했다.

"스님은 외국 사람이라 철저한 수행이 무엇인지를

모르십니다. [불립] 문자가 무엇인지 알지 못하십니다."

"문자란 무엇입니까? 철저한 수행이란 무엇입니까?"

"지금 스님이 질문한 내용을 무심코 잊어버리지 않는다면 문자를 알고 철저한 수행을 하는 사람이라고 할 것입니다. 만약 아직 이해하지 못했다면 언젠가 육왕산에 오시지요. 문자의 도리에 관해 같이 이야기를 나누시지요."

그렇게 말하고 노승은 서둘러 배에서 내려 산으로 돌아간 듯하다. 삼십사 리나 되는 길을 하룻밤 묵으며 쉬지도 않고 되돌아간 것이다. 그 절에는 부엌일이 기다리고 있다. 표고버섯을 둘러메고 걸어가는 노승의 모습을 젊은 도겐은 어떻게 보았을까. 그때의 감동이 고스란히 여기에 담겨 있다. 학문을 하자, 수행을 하자며 송나라에 온 도겐에게 이 전좌의 말이 쇠망치로 내리치는 듯한 교훈이었을지도 모른다.

나는 삼십사 리를 걸어 표고버섯을 사러 온 그 노승이 온전히 부엌일을 하는 사람이 된 경지를 생각한다.

부엌일을 하는 사람이 되어서 요리 삼매에 빠지면 거기에 문자도, 수행도 열릴 수 있는 길이 있다. 그렇다면 아무것도 없는 부엌에서 손님의 마음을 헤아려 얼마 안 되는 재료를 으깨어 갈고, 삶고, 끓이고, 식초에 무치는 기지를 발휘해 그릇에 담는 행위는 대학에서 배우는 철학의 정원과 닮지 않았나. 철저한 수행도, 문자에 이르는 길도 거기에 있다.

그런데, 이는 언뜻 요리에서 말을 발견해 책을 내는 요리사를 연상시키기도 한다. 지금 이런 글을 쓰고 있는 나 자신 또한 찔린다. 부엌에서 이론을 자꾸 둘러대는 것은 하수 중의 하수라고 해야 할 것이다. 그런 사람을 종종 본다. 그저 입을 다물고 묵묵히 만들면 된다. 이러니저러니 입으로 떠들었다가 완성된 음식이 맛이 없으면 부끄럽지 않은가. 식사는 먹는 것이지 이론이나 지식을 펼치는 장이 아니다.

사월, 땅의 노래를 듣다

　초봄에는 산나물이 많이 나는 가루이자와에 산다는 게 얼마나 감사한 일인지 새삼 느낀다. 근처의 별장지에는 골짜기가 있고 얕은 강이 흐르고 있다. 아사마산의 의붓자식처럼 구(舊) 가루이자와 가까이에 크게 자리한 하나레산의 빗물이 칼로 도려낸 듯한 골짜기 하나로 모여들어 한여름에도 물이 마르지 않는다. 그곳으로 고무장화를 신고 미나리를 따러 가는 날은 즐겁기 그지없다. 미꾸라지잡이에 쓸 만한 체를 하나 들고 들어가면 무너진 벼랑을 따라서 쑥부쟁이, 미나리가 싱싱

한 잎을 반짝이며 기다리고 있다. 나아가 두릅 새순, 아카시아꽃, 고사리, 양하 순, 토란 줄기, 야생 땅두릅, 으름덩굴, 쑥, 고비 등 이 계절에 우리 집 주변에서는 겨울 동안 잠들어 있던 땅의 목소리가 들려오는 축제가 열린다. 뜯어 온 산나물을 부엌으로 가져와서 흙을 잘 털어 내고 물로 씻고 있으면 하나하나 다른 새싹들의 따스함이 느껴져 애잔한 기분이 든다. 한 줌의 어린 쑥 잎이, 미나리 잎이 눈물겹다.

이렇게 쓰면 독자들이 비웃을지도 모르겠지만, 하찮은 이파리 하나에 유난을 떤다고 말할 것을 알면서도 쓰고 있다. 겨울 엄동설한을 지내며 봄을 기다리느라 지친 사람이 아니라면 이런 눈물은 나오지 않는다. 물이 아직 칼날처럼 차가워 고무장화로 전해지는 냉기에 발이 끊어질 듯하다. 철벅, 철벅 소리를 내며 미나리를 찾으러 가다가 갑자기 수초 옆에서 빼곡히 돋아난 미나리를 보고는 감동한다. 작년과 같은 장소에서 나를 기다려 줬던 것이다. 뜯어 와 부엌에서 씻고 있으니, 고원의 언 땅을 흠뻑 적시는 물의 온기에 얼음이 녹고 땅이 풀리면서 양분을 흡수해 싹을 틔운 풀들의 강한 생명력과 아름다움에 가슴이 복받친다. 갸륵해서 눈물을 글썽거리는 것이 자연스러운 인간성일 것이다. 땅과도, 풀과도 무연해진 황량한 도시의 사람들에게 이런 환희는 없을지도 모르겠다. 그렇기에 사람들은 땅을 갖고 싶다, 땅을 갖고 싶다, 외치는 게 아닐까.

아파트 베란다에 화분을 두고 미나리를 키우는 할머니가 있다는 말을 듣고 방문한 적이 있다. 싹이 난 날은 엄지손가락만 한 잎에 눈물을 흘렸다고 할머니가 말했다. 당신이라면 비웃을 수 있겠는가. 고원에 살면서 봄이 와 주변의 풀과 나무에 싹이 돋는 땅의 노래를 들을 때만큼 내 몸이 행복을 느낀 날이 없다. 그저, 그저 감사할 따름이다.

날이 어느 정도 풀려서 도쿄에서 오는 손님도 늘었다. 나는 앞서 이야기한 산나물로 상을 차리느라 바빠진다. 대강 다음과 같은 요령으로 먼저 말했듯이 시간을 들이지 않고 그저 손을 놀려 만든다.

으름덩굴은 정원에 있던 것을 뜯어 와 잘 데친 후 물

에 담가 떫은맛을 뺀다. 이것을 국물에 넣어 먹는데 생강을 곁들이면 풍미가 상당히 좋다.

두릅 새순은 튀김을 하는 게 최고일 테다. 나는 튀김 가루에 약간의 설탕을 섞는데, 바싹하게 튀기는 것이 맛있기는 하지만 단맛이 조금 부족해서 그렇게 한다. 너무 달면 도리어 맛을 망치므로 양 조절이 중요하다.

튀김을 하는 김에 다시마를 튀겨서 곁들여도 맛있다. 마른 다시마를 가위로 네모나게 잘라서 바싹하게 튀겨 주는데, 너무 튀기면 쓴맛이 날 때가 있다. 이것은 절에 있을 때 자주 먹어서 기억하고 있는데, '자바라다시마(蛇腹昆布)'라고 해서 뱀의 배처럼 주름(자바라)지게 곡선으로 썰어 주름 모양을 낸 다시마로 그 풍미를 자랑한 곳은 묘신지였던 것 같다. 묘신지뿐만 아니라 선종 사원이라면 어디든 무코즈케*로 다시마 튀김이 나오는 것은 많이 알려져 있다.

---

*　사람이 앉은 방향 기준에서 쟁반 앞의 왼쪽에 놓이는 밥, 오른쪽에 놓이는 국과 삼각형을 이루며 건너편에 놓이는 요리를 말한다. 보통은 흰살 생선회가 나온다.

고사리는 쓴맛을 잘 뺀 다음 유부와 조리거나 부드러우면 데쳐서 나물로 무치는 게 좋다. 유부와 조릴 때는 다시마 국물로 질척하지 않게 만들고, 나물을 만들 때는 참깨를 곱게 빻아 넣는다. 참깨가 골고루 묻어 있지 않으면 쌉싸름한 맛이 날 수 있는데 요즘 나는 그럴 때 단맛을 조금 더 낸다. 쌉쌀한 맛을 좋아한다면 단맛을 더하지 않는다.

고비 참깨 무침도 이와 마찬가지다. 고비 나물 줄기에서 딱딱한 부분은 버리고 소금물에 데쳐 검은깨를 듬뿍 묻히는 게 좋겠다. 고비를 유부와 조리면 고사리보다 맛이 좋은데 이 계절이 아니면 맛볼 수 없다. 또 된장국의 건더기로도 좋다.

미나리와 쑥은 튀김을 해도 좋고 맑은국에 띄워도 좋다. 된장국에도 어울린다. 땅두릅과 마찬가지로 무침을 하기에도 적당하다.

마쓰도에 사는 친구 가타기리 가즈마 씨가 매년 고향인 다카다에 산나물을 뜯으러 간 김에 차에 실어 우리 집에도 가져다준다. 다카다의 산에서 나는 땅두릅과 고사리는 풍미가 조금 달라서 흥미롭다. 특히 고사리는 가루이자와의 것과 달리 부추처럼 가늘고, 일단 데쳐서 유부와 조렸더니 혀가 놀랄 만큼 맛있었다.

산과 강에 자생하는 여러 싹을 뜯으며 늘 신기하게 생각하는 게 두릅 새순의 가시다. 이렇게 맛있는 새순이 그렇게 무서운 가시에 에워싸여 있다는 게 경이롭다. 사람 키만 한 나무가 많기 때문에 새순을 딸 때는 반드시 두릅나무를 구부려야 한다. 나무를 잡아당길 때면 장갑도 뚫는 강한 가시가 성가시다. 주변에 새싹이 나서 작은 새가 그 새싹을 쪼아 먹는 모습은 봤어도 여태까지 두릅 새순에 새가 모여드는 광경은 한 번도 본 적이 없으니 가시는 두릅이 새를 피하려고 택한 전략인가 하고 추측해 본다. 인간만이 가장 맛있을 때 제철 튀김을 해 먹는다. 두릅이 가시를 세우고 살아 있는 모습을 보면 앞서 이야기한 성가심보다는 자연의 신비를 느끼게 된다.

아직 이 집을 공사하고 있을 때였는데, 사쿠마치에서 온 목수가 모닥불을 쬐며 점심을 먹는데 묘한 행동을 하는 것이 눈에 띄었다. 종이로 무언가를 싸서 굽고 있기에 그게 뭐냐고 물었더니 "두릅은 이렇게 해 먹는 게 가장 맛있어요"라고 했다. 쉬는 날에 산에 들어가 맛있어 보이는 새순을 따 온 듯, 물에 적신 종이에 싸서 잘 구운 다음 가져온 된장을 바르고 밥 위에 얹었다. 따끈따끈한 김이 오르는 모습을 보고 있자니 군침이 돌았다. 저것이야말로 두릅 새순의 참맛이 아닐까.

　나는 목수였던 아버지 곁에서 아홉 살까지 자랐다. 와카사의 산골 마을에서 살았기에 아버지도 사쿠에서 온 목수처럼 공사하는 집에 도시락을 가지고 다녔는데, 가끔 벌목꾼을 도우러 산에 들어갈 때가 있었다. 일터에 가면 거목이 나뭇진이 맺힌 단면을 보이며 가득 쌓여 있었는데, 지금처럼 전기톱이 있던 시절이 아니어서 그 나무들은 반원형의 거대한 톱으로 베었다. 아버지는 땅바닥에 앉아 거목 아래에 굴림대를 대고 아주 천천히 베고 있었다. 일터의 오두막에도 모닥불이 있어서 밥때가 되면 아버지는 가까운 산에 30분 정도 들어가 이것저것, 나뭇잎이나 버섯 등을 따 와서 잉걸불을 한쪽으로 치우고 거기에다 구워서 먹었다. 도시락에는 된장, 소금, 밥밖에 없었다. 산에 가면 반찬거리를 수확할 수 있으니 아무것도 필요 없었던 것이다.

나는 그런 아버지가 두릅 새순을 젖은 종이로 싸서 굽는 모습은 보지 못했지만, 야생 땅두릅의 껍질을 잘 벗겨서 된장을 발라 먹는 모습을 본 적은 있다. 와카사든 신슈든 직공들의 삶은 비슷한 법이다. 벌목꾼이나 목수 모두 산에 들어가서 흙에서 자라는 훌륭한 초목을 먹는 지혜를 갖고 있었다. 아버지가 딱히 영양실조였던 것도 아니다. 벌목꾼이나 목수는 거목을 상대로 힘을 쓰는 일을 하므로 열량도 필요하다. 가슴은 울룩불룩했고 팔은 무쇠 같았다. 아버지의 여든다섯 해의 생애는 오로지 현장에서만 보낸 삶이었기에 일터에서 그러한 산의 진미를 맛보는 즐거움에도 이력을 부여한다면 한 권의 요리 독본이 되지 않았을까, 하고 문득 생각한다.

하지만 어린아이였던 나는 그런 것을 불에 구워 먹는 아버지를 한심하게 여기는 마음이 커서 가난뱅이의 자식인 주제에도 그걸 부끄럽게 생각하는 것을 감출 수 없었다. 다른 목수들은 연어며 정어리며 돈이 든 반찬을 가져오는데 아버지만 두릅에 된장을 바르거나 산초 새순을 뜯어 먹고 있으니 그 모습을 처량하게 생각했다. 아직도 그런 마음이 있다. 이상한 일이다. 그 시대부터 가난뱅이의 자식인 우리에게는 땅의 진미인 산나물을 업신여기고 도시화한 인공의 먹거리를 향한 동경이 싹트고 있었던 것 같다. 요컨대 바다와도 가까웠던 내 생가에서는 도미, 옥돔, 가자미 같은 고급 생선은 우리 머리 위를 지나 교토, 오사카의 부잣집 식탁으로 올라가고, 우리 동네인 와카사 사람들은 고양이도 거들떠보지 않을 정어리나 팔다 남은 고등어를 절인 '헤시코'라는 것을 먹었는데 이걸 겨울에도 저장해서 도시락 반찬으로 삼았다. 그래서 고급 생선을 먹을 수 있는 사람이 되자고 성공에 안달한 것이다. 아버지에게는 그런 생선조차 없었다. 다른 일꾼들의 도시락을 엿보면 헤시코가 구수한 냄새를 풍기는데 아버지는 거들떠보지도 않고 산으로 들어갔다.

　나는 지금 가루이자와에 집을 가지고 있고 봄이 와서

그 산나물에 입맛을 다시는 입장이지만 문득 돌아가신 아버지가 지하에서 뭐라고 한마디 하시는 것만 같은 기분이 든다. '바보 녀석, 하나 마나 한 얘기를 써서 돈을 버는 거냐.' 이 글을 가지고 꾸짖으시는 거다. 아버지가 살았던 시대만 해도 산과 들이 먹을 수 있는 열매, 버섯, 나물로 충만했다. 오늘날처럼 강이 오염되고 산이 벌거숭이가 되어 메마른 계절을 아버지는 알지 못한다. 내가 지금 산나물 하나하나에 눈물을 흘리는 모습을 신기하다는 듯 아버지가 보고 계실 테다.

이에 관해 또다시 설교하는 것 같아 겸연쩍지만 도겐 선사의 『전좌교훈』에 재미있는 부분이 있다.

수행승에게 공양하는 음식을 조리하고 준비하는 마음가짐은 식재료가 고급인지 하찮은 것인지를 문제 삼아서는 안 된다. 한 그릇의 쌀뜨물도 진심을 담아 석가세존에게 공양한 노파는 살아 있는 동안에 복락(福樂)의 공덕을 누렸다. 아육왕은 임종할 때 손에 반 개의 망

고밖에 없었지만 진심을 담아 절에 희사하는 최후의 선근(善根)을 쌓아 성불(成佛)을 약속받는 큰 과보(果報)를 받았다. 비록 불연(佛緣)일지라도 많아도 속인 빈 것은, 적으나마 알찬 것만 못하다. 사람이 행하는 일이 이와 같다.

세간에서 종종 말하는 제호미(醍醐味)*라는 사치스러운 요리를 하더라도 반드시 그것이 고급이라고 할 수는 없다. 또한 보잘것없는 푸성귀를 요리하더라도 하찮은 요리라고 할 수도 없다. 변변찮은 채소를 거두어 고르고 다듬을 때 진실한 마음, 성실한 마음, 깨끗한 마음을 가지고 제호미를 만들 때와 같은 마음으로 해야 한다. 왜냐하면 불법(佛法)의 청정한 대해(大海)이기도 한 수행승 속으로 흘러 들어가면 고급스러운 제호미나 하찮은 푸성귀도 큰 바다의 한 가지 맛이 될 뿐이기 때문이다.

---

* 우유를 정제하여 얻는 최상급의 제품. 최고의 맛이라는 의미로 불성(佛性)이나 열반(涅槃)을 비유적으로 뜻하기도 한다.

하물며 도의 싹[道芽]을 기르고 성인의 종자[聖胎]를 양육하는 데 있어서 훌륭함과 하찮음은 하나이지 어찌 둘이겠는가. 경전에 '출가한 사람의 입은 마치 아궁이와 같아서 무엇이든 먹는다' 했다. 푸성귀도 성인의 종자를 양육할 수 있고 도의 싹을 기를 수 있다. 푸성귀를 천하게 여기거나 가볍게 여겨서는 안 된다. 인간계나 천상계를 이끄는 사승(師僧)들은 변변찮은 채소로 사람을 교화하고 이롭게 한다.

이 부분을 읽고 나니 가진 것 없는 목수, 벌목꾼이라고 마을 사람들로부터도 조금은 업신여김을 받으며 여름에는 아랫도리만 가리고 일했던 아버지가 도시락에 된장만 담고서 산에 들어가 캐 온 산나물 등을 반찬 삼아 우적우적 먹던 행위가 진정한 참맛의 현현(顯現)이었다고 생각하고 싶어진다. 내가 주제넘게 똑똑한 척하며 다른 사람들의 도시락을 엿보고 아버지를 처량하게 생각했던 건 평범한 자식이었기 때문일 테다. 정어리도, 고등어도, 야생 땅두릅도, 두릅 새순도 진심을 아는 혀에서는 같은 맛이다. 개중 무엇을 업신여길 수 있을까.

독자들이 비웃을지도 모르지만 칼을 들고 미나리를 씻고 참깨를 갈면서 나는 여든다섯 살의 나이로 변변찮은 음식만 드시다 돌아가신, 산 사나이였던 아버지를 생각하노라면 그런 마음을 갖게 해 준 산나물들을 향해 합장하고 싶어진다.

도겐 선사는 개성적인 사람이었던 듯하다. 『전좌교훈』은 이렇게 내 일처럼 다가오는데, 여기서 하루에 세 번 또는 두 번은 어쩔 수 없이 먹어야만 하는 성가신 우리의 행사, 즉 먹는다는 것과 음식을 장만하는 시간은 사실 그 사람의 모든 삶이 걸려 있는 크나큰 일이라고 말하는 듯하다.

유난스러운 선사라고 말하는 사람도 있을 것이다. 분명 나도 그렇게 생각하는 부분이 없지 않지만, 그런 생각은 끼니라는 것을 남에게 맡겼을 때나 나오는 게 아닐까. 즉, 다른 사람이 해 준, 다른 사람이 내준 음식에 익숙해지는 바람에 마음을 다해 음식을 만드는 동안 내면에서 일어나는 생사대사(大事)의 사상에서 멀어져 버렸다는 기분이 강하게 든다.

우습게도 우리는 사람이 점점 줄어드는 고향에 노부모를 놔두고 도시의 번화가에서 '어머니의 맛'이라고 칭하는 음식을 사 먹으며 살고 있다. 학생이 많은 동네에 즐비한 '가정식 식당'은 그러한 중대한 일을 잊어버린 아이들이 먹는, 아이러니한 음식이라고도 할 수 있다. 도겐 선사가 말하는 대사의 사상은 자신이 직접 음식을 만들 때만 생기는 것으로서 바로 그러한 점이 지금 내 마음을 울린다. 그렇지 않은가. 아홉 살에 아버지와 헤어져 오늘 쉰아홉의 나이에 가루이자와에 사는 내가 아버지의 추억과 연결해 주는 것을 어디서 구할 수 있을까. 음식이야말로 그 지름길이 아닐까. 장화를 신고 미나리를 따러 걸어가는 날은 마음이 즐겁다고 말은 했지만 다른 한 편으론 이러한 마음도 숨어 있다.

가루이자와에서는 아카시아 숲이 늪지에 무성하다고 한다. 내가 있는 미나미가오카 일대에는 자작나무도 많지만 아카시아도 꽤 있어서 봄에는 나뭇가지 끝에 흰 꽃이 핀다. 언젠가 내가 한창인 아카시아꽃을 보며 감동에 젖어 어린 매미의 엷은 날개 같은 잎이 돋아난 나뭇가지 끝을 올려다보고 있었는데, 문득 제법 나이가 있는 캐디가(그곳이 골프장이었다) "저걸 뜯어서 튀김을 하면 맛있어요" 하는 것이다.

"그런 것도 먹을 수 있나요?"

"우리는 무척 좋아해요. 언제 한번 드시러 오세요."

듣자 하니 이 근방 사람들의 채식 튀김 재료라고 한다. 그래서 집에 돌아가 목수에게 부탁해 사다리를 걸어 아카시아꽃을 따 달라고 했다. 만져 보니 탄력 있고 단단한 느낌이었으나 하늘을 향해 피어 있는 아카시아의 기운을 가장 많이 흡수한 영양가 있는 부분이 엷은 잎에 넘쳐흐르는 듯한 기분이 들었다. 점점 침이 고인다. 그래서 튀김을 해 봤다. 즉 미나리를 튀길 때와 마찬가지로 가볍게 튀겼더니 놀랍게 참맛이 있었다. 하늘을 찌르는 나뭇가지 끝을 그대로 먹은 느낌이었다.

변변찮은 나물도 훌륭한 음식이라는 선사의 말씀을

실천한 것이지만 『전좌교훈』을 읽고 있으면 우리의 아버지나 어머니가 음식을 할 때 땅과 나눈 악수가 전부 선사의 말을 따르고 있었다는 생각이 든다. 가난한 농촌 마을에서 숱하디숱한 사람들이 일하면서 얻은 지혜가 실은 천년의 베스트셀러에서 말하는 대로였음을 깨닫는다. 그렇다면 도시화하고 인공화된 슈퍼에서 제철을 가리지 않고 늘어놓은 식품 가운데서 그 정신을 받아들일 궁리를 하기가 오늘날만큼 어려운 때는 없을 것 같다. 그러나 도시 사람 중에도 당연히 나와 비슷한 경험을 한 사람이 있을 테고 머나먼 기억의 근원에는 부모님과 살던 고향집에서 먹었던 반찬의 맛이 남아 있을 것이다.

선종의 승려들은 훌륭한 말을 했다. 일소부주(一所不住). 어느 한곳에 머물지 않고 진정한 고승은 어디에 있건 극락을 발견한다. 혹한의 산에 살건, 문명의 도시에 살건, 어디든 내가 살 장소다. 수처작주(隨處作主). 어디에서나 주인이 될 수 있다는 말이다. 이 근방의 변화를 깊이 파고들면 슈퍼의 비닐포장지에 담긴 미나리에도 고향이 존재한다. 두릅 새순에도, 별꽃에도 존재한다. 그러므로 도시 사람은 이 푸른 채소와 접하며 시골의 흙을 맛본다. 산에 있어야만 흙을 맛볼 수 있다는 말이 아니다. 어디에 있어도 괜찮다. 만드는 사람의 마음에 따라 반찬 하나가 푸른 숲이 있는 먼 고향의 맛을 떠올리게 하며 젓가락을 바삐 놀리게 할 것이다.

오월, 죽순의 계절

죽순의 계절이다. 가루이자와에는 대나무가 많지 않아서 사쿠시에 사는 목수가 가져다주거나 도쿄 집 뜰에서 수확한 죽순을 보내온다.

죽순 요리로는 뭐니 뭐니 해도 미역과 함께 담아내는 다키아와세가 제일일 것이다. 쌀뜨물이나 쌀겨 한 줌과 홍고추를 조금 넣은 물에 끝과 뿌리 부분을 잘라낸 죽순을 잘 삶아 준다. 꼬치로 찔러 보면서 익은 정도를 살필 때 코끝으로 훅 스치는 냄새가 뭐라 말할 수 없이 좋다. 흙 속에서 웅크리고 있었던 오월 대나무의 생기가 뜨거운 물 속에서 익으며 넘쳐 나 흙이 낳은 생명의 정수가 거품이 되어 일어나는 듯하다.

잘 삶은 죽순을 뿌리 부분에서 1센티미터 정도 둥글게 썰어 다시마 국물에 간장, 설탕을 넣고 조린다. 완성하기 전에 미역을 넣는데 주홍색 그릇에 담아 산초 잎 같은 것으로 장식해서 내놓으면 죽순의 크림색이 붉은 주홍색 그릇 위에 도드라지고 미역은 새잎처럼 보이는 배색이 되어 보기만 해도 침이 나온다. 끝 쪽의 부드러운 부분은 초봄의 햇미역과 제철 죽순으로 끓인 맑은 장국에 넣는데, 때로 미역도 싫증 나면 죽순의 부드러운 부분을 채 쳐서 생강과 함께 볶기도 한다. 무침을 하기도 하지만 역시 사람들이 제일 좋아하는 것은 죽순생강볶음인 것 같다. 신기하게도 떫은맛이 날아간 죽순의 단맛이 생강의 매운맛과 어울려, 밥에 얹으면 몇 그릇이고 먹을 수 있다.

죽순을 먹으며 늘 생각한다. 내가 대나무에 둘러싸여 살아온 날이 얼마나 많았나를. 내가 태어난 와카사의 생가는 우리 집 소유의 대밭은 아니었지만, 맹종죽(죽순대)에 둘러싸여 있었다. 대숲 그늘의 빌린 땅에 있던 헛간 같은 집이어서 주변 대밭의 잎이 바람에 스치는 소리를 들으며 자란 거나 다름없다. 겨울에는 눈 쌓여 휘어진 대나무가 지붕 위까지 사방으로 구부러지며 터널을 만들었는데, 땅 주인이 무척 인색한 사람이라 그중하나라도 베면 야단을 쳤다. 그래서 우리 집은 가장 중요한 남향과 동향도 무성한 숲 같은 대나무 그늘에 있어야 했고, 제철이 와 죽순이 마치 지구의 부스럼처럼 떼 지어 돋아나도 그저 바라볼 수밖에 없었다.

제철이 오면 땅 주인은 곡괭이를 짊어지고 와서 우리 집과 대숲의 경계 부근부터 죽순을 캐서 등에 진 바구니에 담았고, 돌아갈 때 한두 개를 어머니에게 건네며 "아이들 먹여요"라고 했다.

그것이 내가 처음으로 먹은 죽순이었는데 어머니도 미역이나 다시마를 넣어 끓였던 것 같다. 죽순밥을 해주는 날은 특히 좋았다. 워낙 적은 양을 받았기에 다섯이나 되는 아이들이 개떼처럼 달려들어 먹어 치우면 한끼에 없어졌다. 어느 문을 열어도 대밭에 죽순 천지이

건만 군침만 삼키며 살았던 오월, 남의 대숲을 바라만 보았던 기억은 평생 잊히지 않는다.

　내가 아홉 살에 교토로 나와서 동자승으로 있던 쇼코쿠지 내의 즈이슌인 역시 신기하게도 맹종죽 숲으로 둘러싸여 있었다. 주지 스님도 오월이면 곡괭이를 들고나와 함께 죽순을 캤다.

　"흙 밖으로 나온 것은 딱딱하단다"라고 주지 스님이 말했다. 즉 죽순 머리가 보일락 말락 할 때가 맛있을 때라는 말이다. 대숲에는 작년의 낙엽이 쌓여서 숲을 걸으면 어린아이의 발에도 움푹 팰 만큼 흙이 부드럽다. 그 부엽토를 가르며 죽순 끄트머리가 뾰족하게 풀이라도 난 것처럼 밖으로 나와 있다. 죽순이 난 곳에서 제법 멀찌감치, 즉 30센티미터 정도 떨어진 곳에 곡괭이를 박아 넣고 힘껏 자루를 내리누르면 삐걱거리는 소리와 함께 땅 위로 나와 있던 부분은 갈색이고 그 아래 묻혀 있던 부분은 크림색인 굵은 덩치가 드러난다. 뿌리 부분에는 팥이라도 뿌린 것처럼 둥그런 돌기들이 돋아 있고 부드러운 잔뿌리가 사방으로 뻗어 있었다.

스님은 죽순 껍질을 대숲에서 벗기라고 명했다. 부엌에 가지고 가서 껍질을 벗기면 다시 버리러 가야 하는 수고를 줄인 셈인데, "거름이 될 거란다"라는 말이 스님의 입버릇이었다. 껍질도 거름이 되도록 썩힌다.

　　대숲이 절 소유인지라 나는 교토에서 오월부터 유월에 걸쳐 거의 매일 죽순을 먹었다. 주지 스님이 가르친 죽순 요리 역시 미역을 넣은 다키아와세나 된장국 건더기, 맑은장국 건더기, 토란 등을 넣은 다키아와세가 대부분이었지만, 고향에서는 바라만 봐야 했던 죽순을 배불리 먹을 수 있어서 기뻤다.

　　주지 스님은 내게 거름 담당을 명했다. 절에는 공양간에 둘, 서원에 하나, 본당에 하나, 도합 네 군데의 변소가 있었는데, 식구가 적은 집이라도 법회나 장례식을 치르면 손님도 오기 때문에 변소 치기도 꽤 바빴다. 때때로 밭에 버리기도 했지만 대개는 맹종죽 숲 땅 위에 여기저기 듬뿍 뿌렸다. 골고루 뿌리지 않으면 스님에게 자주 야단을 맞았다. 나는 어린아이여서 통에 거름이 반만 차도 무거웠기 때문에 게으름을 피워 대숲 입구 근처에 버리고 돌아오곤 했다. 그러면 주지 스님이 "그렇게 하면 거기에만 죽순이 나지 않느냐" 하고 말씀하셨다. 대숲에 대나무가 골고루 자라게 하려면 거름도 구석구석 골고루 주어야 한다는 게 주지 스님이 말씀하시는 이유였다. 열 살 남짓했던 나는 거름 나르기가 괴로웠지만, 제철이 오면 실컷 먹을 죽순을 머리에 떠올리며 역시 먹기 위해서는 거름이 필요하다고 생각했던 걸 솔직히 고백한다.

그러고 보니 때때로 땅 주인이 와서 우리 집 주변에도 분뇨 거름을 뿌리는 날이 있었다. 그런 날이면 어머니는 문을 닫았다. 주변에서 타인의 변 냄새가 나는 것은 참기 힘든 일이다.

하지만 교토의 절은 정원도 넓었고, 대숲도 멀리 있어서 부엌까지 냄새가 나지는 않았다.

생가에 있던 어린 시절, 죽순이 내 키보다 크게 자라 저절로 껍질이 벗겨지며 땅 위로 잔뜩 떨어질 무렵이면 땅 주인의 부탁으로 껍질 줍기를 했던 날이 떠오른다. 새로 난 대나무 껍질은 펼쳐진 채로 떨어져 있어서 그것들을 차곡차곡 겹쳐 백 장 묶음으로 가지고 가면 땅 주인이 얼마간 삯을 주었다. 마을의 푸줏간에서 땅 주인의 집으로 대나무 껍질을 사러 왔다. 나중에 그 껍질이 고기를 싸는 데 쓰인다는 걸 알았지만 어린 시절에는 마을에 나가지 않았고 푸줏간과도 인연이 없었기에 그런 사실을 알지 못했다. 땅 주인은 또 자란 대나무를 솎아내서 마을의 건재상에 팔았는데 땅 주인이 대밭에 들어가지 않은 어느 날, 대숲에 들어간 아버지가 마치 훔치듯이 퉁소를 만들 만한 참대를 뽑아왔다. 아버지는 세공품을 좋아했는데 특히 퉁소를 잘 만들었다. 땅 주인이 아버지가 만든 퉁소를 갖고 싶어 해서 가지고 갔다.

절에서는 맹종죽 죽순이 다 자라고 나면 이어서 참대 숲이 북적였다. 참대(왕죽)는 좀 더 가늘고 죽순도 맹종 죽에 비하면 딱딱했다. 그래도 스님은 참대 숲의 죽순이 없어질 때까지 된장국의 건더기로 넣었다. 거기에다 이름은 잘 모르겠지만 정원 경계에 조릿대 같은 가느다란 대나무가 있었다. 참대 죽순이 끝날 무렵이면 그곳에도 어린아이 손가락만 한 죽순이 나서 캐 먹었다. 정원에 있던 대나무는 솔이끼 사이를 파고들며 나기 때문에 철저하게 먹어 치워야 했다.

대숲에 관한 추억을 꽤 길게 썼는데 사실 가루이자와의 부엌에서 고독하게 죽순을 삶는 내 머릿속을 차지하고 있는 생각은 스무 살이 가깝도록 했던 선종 사원 생활과 죽순에 관한 것이다. 절만큼 죽순을 정진요리로 먹는 곳은 없을 거다. 또 생가에 있었던 남의 대밭에 관한 추억도 있으니 나에게 죽순은, 예를 들어 사쿠의 죽순이더라도 입에 넣으면 감개무량한 존재다.

도쿄 세이조의 집 정원에, 그래봤자 현관에서 대문에 이르는 길옆으로 맹종죽을 심은 것도 대나무들이 크면 나만의 죽순을 먹고 싶다는 소망이 있었기 때문이다. 이사한 지 20년 가까이 되는데 처음에 내가 정원수를 파는 가게에서 대나무 몇 그루를 가져와 심었던 것 같다. 그런데 이 몇 그루가 백 그루 가까이 되자 매년 죽순이 불어나 그곳이 무성해져 모기가 들끓는다며 아내를 비롯해 여러 사람이 싫어했다. 또 정원석을 밀어 올릴 만큼 많이 자라거나 이웃집 정원까지 파고들어서 내가 가루이자와로 서재를 옮긴 것을 계기로 거의 남김없이 베어 버려 지금은 스무 그루 정도의 정원 대나무만 볼 수 있다. 아내의 취향으로는 죽순은 가게에서 파는 게 맛있고, 모기나 파리매의 집이 되는 건 참을 수 없다고 한다.

나로 말하자면 가령 정원이 온통 죽순으로 뒤덮이더라도 고향에서 경험한 것이 있으니 전혀 개의치 않는다. 그래서 늘 의견이 충돌하는데 대나무 취향을 이유로 헤어질 수도 없으니 결국 내가 쓸쓸해진 정원의 대나무를 보며 참고 있다.

그렇더라도 아내가 아까워하는 기색 없이 대나무를 베어 버리려는 것도 참을 수 없어서 친구가 새집을 지었을 때 가져가 달라고 부탁했다. 친구는 기꺼이 그렇게 해 주었으나 요즘은 운반과 옮겨심기도 만만치 않다. 그래서 무심코 다른 이에게 주는 것도 조심해야 할 일이지만 그래도 내가 키운 대나무가 다른 집에서 자라는 풍경을 보니 기뻤다. 오랫동안 내 작품을 연출해 준 분가쿠자 극단의 기무라 고이치 씨가 도쿄도의 젠푸쿠지(善福寺)로 이사한 날, 나는 몇 그루의 대나무를 증정했는데 10년쯤 지나자 기무라 씨 정원의 대나무가 우리 집 정원의 대나무보다 무성해졌다. 뿌리가 튼튼하기 때문에 대나무는 어떤 나무보다 맹렬히 번식해서 그냥 놔두면 정글이 될 것이다. 기무라 씨가 다행히 죽순을 좋아해서 내가 가루이자와에서 사쿠의 죽순을 삶고 있을 무렵이면, 이미 도쿄에서는 일찌감치 다 먹어치웠을지도 모른다. 이런 일들을 떠올리거나 상상하면서 나는 가루이자와의 고독한 식탁에서 직접 삶은 사쿠의 죽순을 먹는다.

아카사카에 '스이게쓰(水月)'라는 요릿집이 있다. 여기는 이전에 '와카바야시(若林)'의 분점이었다. 여주인이 스이게쓰를 지었을 무렵 우리 집 정원의 대나무를 갖고 싶어 했다. 나는 물론 흔쾌히 수락해 우리 집으로 보낸 정원수 가게 사람에게 넘겨주었는데, 그 대나무는 지금 아카사카의 땅에서 손님들의 눈을 즐겁게 해 주고 있다. 대나무 몇 그루가 불어나 꽤 베어 버려야 할 만큼 무성해졌을 것이다.

얼마 전, 그리 오래되지 않은 일인데 영화 〈기러기 절〉* 상연 관련 회의를 스이게쓰에서 했다. 나와 기무라 씨가 쇼치쿠 영화사 가쓰 씨의 초대를 받았다. 스이게 쓰 객실에 앉아 정원을 보니 우리 집 정원 대나무의 형 제 대나무가 아름답게 자라고 있었다. "저 대나무들이 댁의 대나무와 형제예요"라고 말하자 기무라 씨가 어 리둥절해했다.

이런 일들도 떠올리며 나는 죽순에 달려들어 먹는다. 개나 고양이는 이런 생각들을 떠올리며 죽순을 먹지 않 지만 인간은 신기한 동물이어서 입에 넣는 죽순의 맛 외에도, 뜻하지 않게 지난날을 담은 서랍이 열리면서

---

* 일본 전후 영화계의 이단아로 불리는 가와시마 유조(1918~ 1963)가 1962년에 만든 영화. 미즈카미 쓰토무가 9~13세까 지 즈이슌인에서 수행한 경험을 바탕으로 가상의 선사를 배 경으로 쓴 소설 『기러기 절(雁の寺)』이 원작이다. 미즈카미 쓰토무는 이 작품으로 나오키상을 수상했다. 즈이슌인은 '기 러기 절'로도 불린다.

그 기억을 동시에 음미한다. 단순히 흙에서 난 것을 먹는 즐거움이라고 할 수도 있겠지만, 입에 넣는 음식이 흙에서 난 이상 마음 깊이 지난날을 음미하면 땅과의 인연이 맛을 뒤덮는다. 이것도 참맛의 하나일까. 오쿠보 쓰네지의 『맛있는 먹거리 세시기(うまいもの歲時記)』(아사히신문사)를 읽었더니 다음과 같은 내용이 있었다.

우리는 맹종죽을 좋아하는데 이 대나무는 1736년경, 중국의 대나무가 규슈 가고시마에 전해진 것으로서 나중에 동일본까지 퍼졌다. 중국에서는 대나무 껍질에 털이 있어서 모순(毛筍), 또는 양쯔강 남쪽에 많아서 강남죽이라고도 한다. 24인의 효자 가운데 한 사람인 맹종(孟宗)이 어머니가 드시고 싶어 하자 엄동설한에 대숲에 죽순을 찾으러 들어갔다가 하늘이 내린 죽순을 캤다고 해서 대나무에 맹종이라고 이름을 붙였다고도 전해진다. 어쨌든 이 죽순을 가장 맛있는 것으로 친다. 그런데 이 대나무를 처음으로 심은 가고시마에서는 관습적으로 '데묘, 고산, 가라, 모소' 순으로 죽순의 순위를 매기고 있다. 데묘는 대명죽·한산죽, 고산은 포대죽, 가라는 솜대, 모소는 맹종죽이다. 그래서 가고시마에서는 맹종죽이 네 번째로밖에 인정받지 못하고 있으며, 도호쿠 지방의 섬조릿대는 대명죽에 못지않게 맛있다고 죽순 전문가들이 말한다.

죽순이 중국에서 전해졌고 가고시마가 발상지라는 사실을 알고 있지만, 중국에서 첫째로 치는 맹종죽의 맛이 가고시마에서는 네 번째라는 사실이 흥미롭다. 중국인과 일본인의 미각 차이라고 해야 할지도 모르겠으나 나는 아직 대명죽, 포대죽, 솜대 등을 먹어 본 적이 없다. 어쩌면 교토의 즈이슌인 뜰에서 자라나 솔이끼를 망치기 때문에 깨끗이 먹어 치워야 했던 섬조릿대(조릿대와 거의 비슷한 대나무였다)가 포대죽과 비슷할지도 모르겠지만, 심이 있어서 아무리 익혀도 섬조릿대를 먹는 느낌이 고스란했고 단맛이 있긴 해도 맛은 없었던 기억이 있다. 어린 시절의 기억이므로 이것도 분명치 않다. 여기서 문득 그런 생각이 든다. 가고시마에서는 맹종죽이 죽순 제철의 맏물이 아닐지도 모르겠다는(조사해 봐야 알겠지만). 어쨌거나 내가 자란 마을이나 교토에서 오월에 가장 먼저 머리를 내미는 것은 맹종죽이었다. 크기도 컸다. 둥글게 썰면 밥공기를 다 덮을 만한 크기도 있었는데 어쨌든 맛있었다. 중국에서는 제철에 맹종죽 죽순을 먹으라고 가르치고 있는지도 모르겠다. 아무리 생각해도 참대나 다른 섬조릿대는 맹종죽을 먹고 난 이후에 죽순이 나므로 제철이 아닌데 시장에 나왔다는 느낌이 들었다. 그런 느낌이 아무리 맛있는 죽순이라도 처음에 먹은 맹종죽의 부드러움을 더 사랑하게 만드는지도 모른다. 나는 맹종죽을 첫째로 치는 마음에는 변함이 없지만, 참대도 제철에 만난다면 역시 첫째로 칠 것 같다.

매일같이 죽순(딱딱해졌습니다. 제철이 아니니까요)을 먹어서 뱃속에 '대숲'이 생기지나 않을까 걱정입니다. 하하. 매일 죽순과 대두를 삶아 먹고 있으니 비둘기 꼴이네요.

기행으로 알려진 하이쿠 시인 오자키 호사이가 오기와라 세이센스이*에게 보낸 편지의 한 대목이다. 내 고향 와카사와 가까운 오바마의 조코지(常高寺)에서 식객으로 지낼 때의 편지인데, 마침 와카사는 참대가 한창인 때여서 주지 스님이 매일 된장국의 건더기로 넣었다. 오자키 호사이는 매일 참대 죽순을 먹어야 해서 질렸던 듯하다. 호사이도 제철이 지난 참대 죽순은 맛이 없었을 것이다. 맹종죽이 부드러운 철이었다면 저렇게 쓰지는 않았을 거라고 생각해 보곤 한다.

그런데 오쿠보의 책에 나오는 중국 전설에 효자가 한겨울에 발견했다는 맹종죽 죽순은 무엇이었을까. 맹종이라는 이름이 붙었으니 분명 맹종죽일 텐데, 내 기억에도 한겨울은 아니지만 계절을 잊고 대숲 지면이 갈라진 곳에서 머리를 내밀고 겨울 바람을 맞으며 움츠려 있던 죽순을 딱 한 번 본 적이 있다. 그 죽순은 뿌리 상태에 따라 무리에서 떨어져 싹을 틔웠는지도 모른다.

* 하이쿠 잡지 『소운』의 창간인이다.

고개를 쳐들려고 해도 밖이 추워서 움츠러든 게 아닐까 하고 어린 마음에 생각했는데 때늦은 눈이 거기에 덮이면 '겨울 죽순'이 될 것이다. 맹종은 이를 '하늘이 주신 죽순'이라고 절을 하고 어머니가 드시게 한 것 같은데 그런 대숲을 가진 집안의 자식이었나 싶어 부러운 마음도 없지는 않았다.

이번 달은 대숲 이야기와 죽순으로 원고를 허비해 손님에게 낸 완두콩밥, 땅두릅 무침 등에 대해서는 쓰지 못했다. 하긴 죽순에 비하자면 쓸 이야기도 많지 않다.

땅두릅 무침을 할 때 껍질을 다소 두껍게 벗기는 이유는 쓴맛을 없애기 위해서인데, 처음에 물로 잘 씻고 체에 담아 물기를 뺀 다음 뜨거운 물에 식초를 조금 넣고 땅두릅을 넣어 데치면 표면이 더 하얘진다는 사실을 덧붙여 둔다. 콩밥은 당연히 맛있고 거기에 미역과 죽순을 넣은 된장국이라도 있으면 오월은 이미 내 입에 들어와 있다.

그런데 오월의 가루이자와는 밭일이 무척 바쁘다. 죽

순, 땅두릅을 먹으며 이윽고 찾아올 여름의 가지, 오이, 붉은강낭콩, 옥수수, 고추, 여름 무 등의 씨뿌리기와 옮겨심기가 시작된다. 강낭콩과 붉은강낭콩을 흙에 묻을 때는 비둘기를 조심해야 한다. 가루이자와의 산비둘기는 콩을 뿌리는 시기를 잘 알고 있어서 어디선가 노려보고 있다. 아무리 잘 묻어 두었어도 콩을 뿌리고 잠깐 서재에 간 틈에 밭으로 내려와 깨끗이 파내 먹어치운다. 그래서 나는 우선 장대를 들고 주변의 모든 나무 꼭대기까지 위협해 산비둘기를 쫓은 다음 부리나케 콩을 뿌린다. 작년이었던가, 기대하고 있던 강낭콩이 도통 싹이 트지 않기에 흙을 잘 파보았더니 분명 심어 둔 콩이 한 톨도 없어서 산비둘기 녀석들의 짓임을 알았다.

산비둘기와 싸우며 콩을 심는 것도 산중 생활의 묘미로서, 수확하는 날이 오면 마음이 부푸는 것도 그러한 내력이 있기 때문이다.

유월, 매실절임에 담긴 인생

　매실의 계절이 왔다. 유월은 보존용 매실절임을 만드
는 달이기도 하고 청매를 아삭아삭한 절임으로 만들거
나 설탕조림을 하는 달이다. 나는 매실절임을 무척 좋
아해서 매년 만드는데, 가루이자와에는 벌써 4년째 산
지별로 절인 병이 대여섯 개 있다. 모두 내가 소년 시절
에 배운 주지 스님의 방식을 따라서 절인 것으로 꽤 맛
이 좋다. 매년 유월이면 교토에서 쓰키가세의 매실을,
유가와라에서 오다와라의 매실을, 가루이자와에서는
마쓰이다의 매실을 보내오기도 하고, 내가 사기도 하면

서 즐기고 있다.

쇼코쿠지 내의 즈이슌인은 매실 정원이라고 할 수 있을 만큼 품종도 많이 갖추고 있었다. 지금도 때때로 절의 경내를 걸으면 담 안에서 길로 넘칠 듯이 가지에 열매가 맺힌 것을 볼 때가 있다. 스승이신 쇼안 주지 스님은 매년 열매를 수확해서 절였다. 동자승이었던 나도 도왔다. 밭에는 매실을 절일 때 쓸 차조기도 키웠는데, 붉은 차조기 잎을 잘 씻어 소금에 비볐다. 차조기에서 검보라색 즙이 나와 손끝을 물들이면 며칠이고 지워지지 않아 학교에 가면 친구가 놀린 기억이 있다. 다시 말해 나는 열 살 즈음부터 유월의 매실 수확기가 오면 매실절임 만들기에 힘썼다.

어린 시절에 배운 일은 마치 반야심경과 관음경이 머릿속에 박혀 있어서 환속한 지 50년 가까운 세월이 흐른 지금도 유행가를 부르듯이 튀어나오는 것과 마찬가지로 익숙하다. 매실절임도 그만큼 몸에 배었다면 자랑처럼 들리겠지만 정말로 쇼안 주지 스님의 방식으로 잘 만들고 있다.

스님은 이렇게 말씀하셨다. 매실은 장맛비를 맞아야만 한다고. 그렇게 해서 무슨 이점이 있는지는 모르겠지만 교토 주변에서는 장마철이 오지 않으면 매실절임을 만들기에 좋은, 조금 노랗게 익은 매실이 나오지 않기 때문인지도 모른다. 우선 수확한 열매를 잘 씻어 하룻밤 물에 담가둔다. 이는 떫은맛을 제거하고 씨를 수월하게 빼기 위해서라고 배웠다. 물에 담가두는 사이에도 매실의 노란색이 짙어진다. 그러고는 물기를 뺀 다음 행주로 하나하나 잘 닦는다. 소금은 매실의 양에 따라 다른데, 손대중으로 해서 정확한 양은 말할 수 없지만 대개 매실 양의 20퍼센트 정도의 소금을 매실과 번갈아가며 병에 넣는다. 그런 다음 덮개를 잘 덮어 둔다. 네댓새 그대로 놔두면 물이 올라온다. 이것을 절에서는 백매초(白梅酢)라고 했다. 아직 이때는 붉은 차조기가 자라지 않았기 때문에 밭의 상태를 계속 봐 가며 병에 든 매실은 그대로 놔둔다. 3~4주는 걸렸을지도 모른다.

칠월 초에 붉은 차조기가 크게 자란다. 잎을 따서 잘 씻고 소금에 비빈다. 처음에 나오는 떫은 즙은 버린다.

두 번째부터는 매실을 소금에 절인 물을 조금씩 떠서 소금과 섞어서 비빈다. 그러면 차조기의 색소가 나와 물이 새빨갛게 물든다. 이것이 이른바 적매초(赤梅酢)다. 쇼안 주지 스님은 이 붉은 즙을 다른 한 되들이 병에 넣어 두고 설탕과 얼음물을 섞어 여름 음료수로 손님에게 대접했는데 동자승인 나에게는 주지 않았다. 소금에 비빈 차조기 잎을 매실 위에 펼치고 매실초를 병에 다시 부어 덮개를 꼭 덮은 다음 여름 토왕*까지 절여둔다.

토왕이 되면 맑은 날을 골라 체로 열매만을 걸러서 말린다. 이때 한 알, 한 알 겹치지 않도록 해야 한다. 밤에도 그대로 놔둔다.

"매실은 밤이슬을 좋아한단다" 하고 스님이 말했다. 밤이슬을 맞으면 부드러워진다는 뜻이다. 작년에는 스님이 말한 대로 바깥에 놔두었더니 밤사이에 비가 와서 매실이 젖어 버렸다. 소금기가 빠졌기 때문에 금방 곰

---

*   입춘, 입하, 입추, 입동 전 각 18일 동안의 절기이다.

팡이가 핀다. 그래서 한 알씩 또 매실초로 씻어 다시 말렸다.

말리는 동안에 매실은 쭈글쭈글해지고 햇빛에 익는다. 이것을 다시 원래의 병에 매실과 차조기 잎을 번갈아 쌓고 적매초를 더해서 덮개로 꽉 눌러둔다. 이런 방식이다. 누구나 하는 방법이겠지만 스님의 방식은 어딘가 투박한 면이 있었는데 매실이 좋았던 덕인지 맛있었다. 그래서 내 매실절임도 스님처럼 만든 지 반 년 뒤쯤부터 먹기 시작하는데 손님들이 입맛을 다신다. 기무라 고이치 씨의 부인 같은 이는 우리 집에 와서 "매실절임이요"라는 말부터 한다. 매실절임 때문에 오는 것이다.

쇼안 주지 스님은 갈색 항아리에 매실을 절였다. 그 항아리에 연월일을 쓴 전통 종이를 붙여 흙벽으로 만든 광에 넣었다. 광에는 오십 개 정도의 항아리가 늘어서 있었고 오래된 순서대로 먹었다. 선종에서 매실절임은 빼놓을 수 없다. 이는 일종의 비상식량이기도 하고 약으로도 쓰기 때문에 귀중한 식품으로서 불구(佛具)가 수납되어 있는 흙벽 광의 계단 아래에 저장했다.

아삭아삭한 청매절임은 신슈 사람에게는 익숙한 먹거리로 청매설탕절임이라고 생각하면 되고, 감로(甘露)절임이라고 하기도 한다. 아직 새파란 매실을 골라서 역시 떫은맛을 빼기 위해 네댓 시간 물에 담갔다가, 널빤지 위에 놓고 소금을 뿌린 다음 나무 덮개로 눌러가며 굴리면 씨가 빠져나온다. 그러고 나서 배어 나오는 물기를 잘 빼고 매실과 같은 양의 얼음설탕을 항아리에 넣어서 덮개를 덮어 둔다. 설탕이 녹으며 물이 생기면 이것을 끓인다. 거품이 떠오르면 걷어내고 뜨거울 때 매실에 부은 후 식힌 다음 서늘한 곳에 저장한다. 이 과정을 반복하면 맛이 더 좋다는데 한 번만 해도 인기가 좋아 거의 없어지고 만다. 위스키나 일본 술의 안주, 차를 마실 때의 과자로 대신할 수 있기 때문이다. 초콜릿과 함께 두 개쯤 넣어 이쑤시개에 꽂아 내면 손님이 반드시 더 달라고 청한다.

매실절임 만들기와 관련해서도 사실 내 뇌리를 떠나지 않는 몇 가지 기억이 있다. '1924년의 매실절임'에 관한 소중한 기억이다. 잡지에도 썼기 때문에 그 글과

중복되어 겸연쩍지만 꼭 쓰고 싶다.

　나는 몇 해 전, 그래봤자 2년쯤 전이지만 텔레비전 방송국에서 사람을 만날 수 있는 기회를 얻어 누구든지 만나고 싶은 사람을 만날 수 있게 해 주는 프로그램에 출연했다. 쇼안 주지 스님의 아내인 야마모리 다쓰코 여사와 그 딸인 요코 씨를 만나고 싶었기 때문이다.

　쇼안 스님은 일흔두 살에 입적하셨다. 지금으로부터 18년 전쯤이다. 선종 사원에서는, 특히 본산 탑두* 같은 경우, 주지가 먼저 사망하면 남은 아내와 딸은 불쌍한 처지가 된다. 다른 승려와 양자 결연을 하여 미리 새로운 주지를 정해 두면 괜찮지만 그렇지 않으면 모녀는 쫓겨난다. 보통 젊고 아내가 있는 승려가 새로 주지가 되기 때문이다. 재가** 등이라면 그런 일이 없지만, 선종 사원은 냉혹해서 주지 입적 후에 길바닥에 나앉는 모자가 많다. 그래서 쇼안 스님도 살아 계실 때 모녀의

---

*　본사 안의 작은 절.
**　在家, 출가하지 않고 집에서 생활하며 불도에 귀의한 사람.

장래를 위해 어떻게든 해야 한다고 걱정을 한 모양인데, 즈이슌인의 경우 요코 씨에게 인연이 없어 행각승과의 결혼 이야기가 나오기도 전에 스님이 갑자기 세상을 떠나셨다. 본산에서는 금세 추방하라는 명이 내려왔다. 스님 입적 후 채 49일도 지나지 않았는데 모녀는 오랫동안 고락을 함께해 온 절에서 나왔다. 이때 다쓰코 여사는 스님의 유품을 원했는데 광에 들어가 오십 개가 넘는 매실절임 항아리를 발견하고 1924년의 날짜가 적힌 항아리 하나를 품에 안고 떠났다.

1924년은 다쓰코 여사가 결혼한 해였다. 나는 그때 다섯 살이었으므로 와카사에 있을 때다. 즈이슌인에 들어간 때는 1928년이다. 쇼와 천황의 즉위식이 있던 해였다. 그 다음다음 해에 아기가 태어났다. 그 아기가 요코 씨다. 나는 기저귀 빨래를 비롯해 아침저녁으로 아기를 돌보느라 힘들어서 울었다. 4년째 되던 해 절에서 도망친 이래 오랫동안 이 모녀와 만나지 않았다. 스님이 돌아가신 후 모녀가 오쓰의 세이란이라는 동네에 살고 있다는 것을 알고 한 번 찾아갔고 다시 몇 년 후에 또 찾아갔지만 이사를 해서 행방을 알 수 없게 되었다. 내가 방송국에 의뢰한 것은 그들이 어디에 사는지 알기 위해서이기도 했다.

방송국 사람이 그들을 찾아 주었다. 모녀는 세이란을 떠나 미이데라(三井寺) 아래 고세이선 철도 옆 주택지에 새로 집을 지어서 살고 있었다고 했다. 그러나 다쓰코 여사는 내가 찾기 1년 전 일흔다섯의 나이에 돌아가셨다. 남겨진 요코 씨가 다도를 가르치며 고독하게 혼자 산다고 했다. 방송국 사람은 요코 씨가 나를 꼭 만나고 싶어 해서 도쿄의 스튜디오로 오기로 했다는 대답도 가져왔다. 나는 그 당시 아직 아기였던 요코 씨가 마흔다섯 살이 되었다는 걸 생각하면서 복잡한 심경으로 가루이자와를 떠나 스튜디오로 들어섰다.

나와 요코 씨는 45년 만에 만나 이야기를 나누었다. 서로 인생의 고비를 잘 넘기며 살아왔음을 기뻐했다. 하고 싶은 이야기가 무척 많았지만 불과 15분밖에 안 되는 프로그램이기도 하고 광고에 시간을 뺏기기도 해서 결국 우리가 진정한 이야기를 나눈 곳은 방송국 응

접실이었다. 요코 씨는 큰 밀폐용 도시락 용기에 매실절임을 넣어 가져왔다. 그것을 내게 건네며 "1924년의 매실절임이에요. 어머니가 아버지와 함께 절이신 것을 가져왔어요. 아버지는 매실절임을 좋아하셔서 정원의 매실을 자주 따서 절이셨는데 이건 어머니가 시집오신 해에 절이신 것 같아요. 어머니는 혹시 쓰토무 씨와 만날 기회가 있거든 이것을 나눠주라고 하시고 돌아가셨어요"라며 눈물을 글썽였다. 나는 할 말을 잊고 그것을 받았다.

얼른 가루이자와로 매실절임을 갖고 돌아와 깊은 밤에 그중 한 알을 꺼내 입에 넣었다. 혀로 굴린 매실절임의 첫맛은 소금기가 돌아 짰지만 이윽고 혀 위에서 스며 나오는 침으로 둥글게 부풀고 그 뒤에는 감로 같은 단맛이 났다. 나는 처음에는 쓰고, 짜고, 그런 다음에 달아지는 이 오래된 매실절임을 만난 것이 기뻤고 53년이나 살아온 매실절임에 눈물이 났다.

이 일을 어느 신문 칼럼에 썼다. 그랬더니 젊은 독자에게서 전화가 와서 매실절임을 53년이나 보존하는 것이 가능한가, 썩지 않았겠느냐며 말도 안 되는 소리 하지 말라고 했다. 나는 그 청년에게 53년이나 지난 매실절임의 모양을 설명하고 그 맛을 자세하게 이야기했지만 청년은 후후, 웃으며 "작가시라 소설을 잘 쓰네요"라고 말하곤 전화를 끊었다. 나는 화가 나서 이 청년과 나눈 대화를 다시 칼럼에 썼다. 그랬더니 오다와라에 사는 소설가 오자키 가즈오 선생이 칼럼을 읽고 다음과 같은 글을 월간 잡지 『올 요미모노』의 수필란에 기고했다.

미즈카미 씨는 「다시 매실절임에 대하여」에서 설명을 반복하고 글 말미에서 "전화한 사람에게 말하는 것을 잊어버렸기에 덧붙여 둔다. 도시에 나도는 양산한 가짜 매실절임 이야기가 아니다. 매실과 소금만으로 절인 진짜 매실절임 이야기다"라고 강한 어조로 말하고 있다.

우리 집에는 1850년에 만든 매실절임과 1908년에 만든 매실절임이 있다. 전자는 오자키 시로의 친구 다카기 도쿠(시로의 작품 『인생극장』 청춘편의 등장인물 신카이 이쓰바치의 모델)에게서 1956년에 받았고, 후자는 1955년 9월에 후지에다 시즈오 작가에게서 받은 것이다. 후지에다 씨가 같이 보내온 편지에 "제가 태어난 해에 어머니가 만들었는데 원숭이해의 매실은 특히 좋다고 합니다"라고 써 있었다.

받은 즉시 가족들이 먹어 보았다. 가족들은 다카기 씨에게서 받은 것은 이미 매실절임이라고 할 수 없고, 후지에다 씨네 것이 제대로 된 매실절임이라고 판정했다.

나는 이 원고를 쓰면서 후지에다 씨에게 받은 매실절임을 처음으로 한 개 먹어 보았는데, 받은 지 벌써 20년이 지났는데 변함이 없는 매실절임이다. 미즈카미 씨가 말하는 맛에 가깝다. 시험 삼아 딱딱한 씨앗을 쪼개 보았는데 안의 핵―이 지방에서는 천신(天神)이라고 부른다―도 제대로 맛이 났다.

나는 오자키 선생님의 글을 읽고 눈시울이 뜨거워졌

다. 전화를 했던 청년은 그 글을 읽었을까. 가루이자와에서 매실을 절이면서도 이런 일들이 머리에 깃든다. 나에게 매실절임 만들기는 여러 기억을 떠오르게 하고 그 떠오른 기억들을 항아리에 봉해서 절이는 즐거움 같은 것이다. 쇼안 주지 스님, 다쓰코 여사, 요코 씨와 얽힌 일들이 겹치는 것은 물론이고 오자키 선생님과 후지에다 선생님이 노년에 들어서도 젊은 사람들이 '고작' 매실절임 아니냐고 하는 것을 소중히 여기며 혀에 올려놓을 수 있는 우정을 가진 것도 그렇다. 참으로 사람은 매실절임 한 알에도 인생에서 소중한 것을 꼭꼭 눌러 담으며 살아가는 존재다. 나는 전화한 청년에게 그런 이야기를 하고 싶었다.

이야기가 옆길로 샜는데 양해해 주기를 바란다. 내 절임 방식이 흔하든 아니든 간에 매년 가루이자와에서 절인 매실이 지금은 네댓 병으로 늘었다. 이들이 손님을 기쁘게 해 주기도 하지만, 이 작품들이 내가 죽은 뒤에도 살아서 누군가의 입으로 들어간다는 상상을 하면 보고 있기만 해도 즐겁다. 제대로 된 소설을 쓰지 못하고 세상을 홀리다 죽을 터인 앞으로의 짧은 내 생을 생각하면 매실절임 정도는 남겨도 좋지 않을까.

몇 개씩 되는 병에 저장해 두는 것은 매실 종류별로 담기 때문인데, 내 지식이 부족해 품종은 확실하지 않다. 이름도 모르고 그저 산지별로 따로 저장한다. 쓰키가세의 매실은 오다와라의 매실보다 조금 작은 듯하고, 가루이자와의 매실은 맺히는 열매가 역시 작다. 이는 각 지역의 토양 때문일까. 사람이 태어난 곳을 짊어지고 있듯이 매실도 제가 자란 곳을 짊어지고 한곳에 모인 풍경이라고 말할 수밖에 없다.

쓰키가세라면, 나라사라시*를 조사하러 갔던 겨울에 나바리가와 강둑의 높은 평지에 수만 그루가 심어져 있던 매화나무 숲의 경치를 지금도 잊을 수 없다. 에도 시대의 문인 라이 산요도 노닐었던 그 땅은 풍경이 좋다. 지금은 댐이 만들어지고 가까이에 메이한 국도도

---

* 나라현을 중심으로 생산되는 고급 마직물. 손으로 짠 삼베 원단을 여러 번의 공정을 거쳐 새하얗게 표백한다.

건설되어 다니기 편리해진 모양이지만 내가 갔을 무렵에는 깊은 산속에 있어서 야규노사토*에서 차로 오랫동안 달려야 했다. 겨울이어서 매실이 열린 광경이나 꽃이 피는 풍경은 보지 못했지만, 거기서 팔고 있는 매실 사탕을 사 왔는데 지금도 그 사탕이 바로 옆에 조금 남아 있다. 사탕 한 알도 구두쇠처럼 아껴 두는 것은 매실이 거기에 살아 있다고 믿는 내 성벽 때문이다. 손님들도 내가 매실절임병을 꺼내서 접시에 담을 때 인색한 것을 놀리는데 이는 어쩔 수 없다. 수백 년 넘게 사는 것을 그렇게 헤프게 쓸 수는 없다.

내가 쓴 매실절임에 관한 수필을 읽은, 이토이가와강 근처 산속 마을에 사는 할머니의 편지에서도 그렇게 말했다. 지금 곁에 그 편지가 없어서 똑같이 옮길 수는 없지만 대체로 다음과 같은 내용이었다.

선생님과 청년의 매실절임 문답을 읽었습니다. 선생

*　검술로 유명했던 야규 일족의 고향이다.

112

님 말씀대로 매실절임은 수명이 길지요. 저희 집에는 흙벽으로 만든 광이 셋 있는데 그중 한 광의 계단 밑 깊숙이에 매실절임을 담아 둔 커다란 항아리가 하나 있습니다. 대대로 전해지는 바에 따르면 이는 미나모토노 요시쓰네**가 절인 것이라고 합니다. 또 이 매실절임은 과육이 있어 맛있습니다. 한번 들르시면 선생님께만 맛을 보여 드리고 싶습니다.

에치고 지방의 이토이가와강은 분명 충복인 무사시보 벤케이와 함께 요시쓰네가 달아나던 길에 있었다. 아타카의 관문에서 겨우 위기를 넘긴 주군과 부하가 이 강에 다다른 때는 유월, 매실이 열리는 시기였던가. 아마 그럴 것이다. 이 할머니의 마을에서 요시쓰네는 하루나 이틀을 머무르면서 매실절임을 만든 듯하다.

** 12세기 중후반의 무장으로 명성이 높아지자 이복형인 미나모토노 요리토모에게 제거당했다.

『의경기(義経記)』*의 내용이 마치 피부로 느껴지는 것처럼 생생하게 다가와 나는 또다시 눈시울이 붉어졌다.

이러한 편지를 받은 것도 매실절임이 이어준 인연 덕분이다. 미나모토노 요시쓰네가 만든 매실절임이 정말로 에치고의 가난하고 쓸쓸한 마을에 남아 있다고 믿는 나를 그 청년은 또 비웃을 것이다. 비웃어도 좋다. 어차피 역사는 기억하는 사람의 마음에 달려 있다. 기억하지 않으면 역사는 그대로 사라지는 게 아닐까.

수백 년을 사는 매실이니 나는 인색해진다. 그래서 손님에게 조금씩만 내는 매실절임은 먹는 방법에도 여러 가지가 있는데, 술안주로는 매실절임 과육을 싱겁게 간을 한 된장과 섞어 양념절구에 간 다음 내곤 한다. 또 알이 크고 과육이 많은 것은 끓여서 진득해진 설탕을 얹어 스푼으로 먹으라고 한다. 이것은 브랜디와도 잘

---

* 비운의 영웅 미나모토노 요시쓰네의 생애를 그린 작자 미상의 전기 소설.

어울린다. 여성 손님은 달콤하고 끈적해진 매실절임을 좋아해서 반드시 더 달라고 하지만 내가 인색하게 내놓는 것을 보며 주저하는 사람도 있다. 그래도 괜찮다. 그 사람 마음이니까.

오다와라의 차조기말이 매실이 맛있었기에 그걸 따라서 조금 만들어 본 적이 있다. 제대로 만든 것이 아닌지도 모르지만 나는 맛있었다. 매실절임을 다시 차조기 잎으로 말아서 절이기만 한 것이지만 이것을 만들 때도 토왕 때 잘 말린 매실절임을 차조기 잎 위에 놓고 널빤지 위에서 돌돌 말았다. 그렇게 하면 병에 넣어도 형태가 살아 있을 것 같았다.

가루이자와의 밭에서는 차조기가 참 잘 자란다. 색깔도 검은빛이 도는 보라색이고 잎도 크다. 그 잎 한 장 한 장이 매실을 넉넉하게 감싸서 정말로 마음에 든다. 따끈한 밥에 한 개 올려 먹으면 이것만으로도 밥 한 그릇을 먹을 수 있다. 세상에 이렇게 맛있게 매실 먹는 법이 있나 싶을 때도 있다.

또 여기에서 덧붙이자면 매실에도 참맛이 있다. 그

맛은 나라는 사람이 매실과 얽혀 살기 때문에 느끼게 된다. 드라이브인에서 산 대량 생산된 매실절임에 밥을 먹어도 충분히 맛있지만 직접 만든 매실절임에는 모든 노력을 다한 만큼 자신의 역사가 묻어 있다. 이를 손님이 음미하게 한다.

얼마 전에 비엔나에 다녀왔다. 그곳의 와인 저장고 주인이 손님인 우리에게 그해의 포도 작황에 관해 상세히 설명하는 진지한 눈빛을 보고 있자니 울컥했다. 사람은 무언가를 직접 손으로 만들면서 비로소 자연의 흙과 함께한다. 가령 한 알의 매실이든 포도든, 서양 사람이든 동양 사람이든 다 마찬가지다.

여기서 매실절임 먹는 법 두 가지가 생각난다. 첫 번째로는 매실절임 과육을 구워 뜨거운 물에 넣고 마신다. 그런 거야 감기에 걸렸을 때 어머니가 종종 만들어 주신 거라고 무시하는 사람이 있을지 모른다. 그런 사람에게 꼭 가르쳐 주고 싶다. 매실절임 과육 외에 주변에 나도는 양갱 조각을 함께 띄운다. 한번 해 보기 바란다. 매실의 신맛과 양갱의 단맛이 뜨거운 물에 녹아 있는 섬세한 수프다. 또 한 가지 이용법은 과육을 발라낸 씨의 껍데기를 칼등으로 쪼개서 안에 든 핵을 하시아라이* 국물에 넣는다. 유자 껍질이 있다면 함께 조금 넣으면 이루 말할 수 없이 향기롭다.

사실 나는 이 매실절임이 들어간 국을 묘신지의 전 관장인 가지우라 이쓰가이 스님의 저서에서 읽고 흥미롭다고 생각해 만들어 보았다. 가지우라 스님은 그 책에서 다음과 같이 개성적인 말씀을 남겼다.

수행의 측면에서도 때가 아닌 재료로 만든 음식을 내는 것은 바람직하지 않다. 그때그때의 계절에 맞게, 이른바 '제철'인 재료를 자유자재로 조리할 수 없다면 한 사람의 요리인이라고 할 수 없다. 대접(ご馳走)이라는 말에는 '달리다, 뛰다'라는 글자가 들어 있다. 그러므로 절의 경내를 이리 뛰고 저리 뛰면 이런저런 것들

---

* 일본의 전통 연회요리인 가이세키의 중간쯤에 나오는, 입가심으로 마시는 맑은 국물.

이 눈에 뛴다. 또 경내를 뛰지 않더라도 실내와 부엌을 계속 걸어 다니면 여러 가지가 눈에 들어온다. 채소도 좋고 과일도 좋고 또는 주변에 있는 과자도 괜찮다.

쉽게 이해할 수 있는 말이다. 대접한다는 말의 의미를 여기서 처음으로 이해했는데, 선승은 슈퍼마켓으로 달려가지 않고 절에 있는 밭으로 달려간다. 또 달려가지 않아도 부엌 한구석에서 잠자고 있던 재료가 보이기도 한다. 심오한 경지에 이른 말씀 같다.

칠월, 여름 요리의 문

칠월에는 무엇을 먹으면 좋을까. 이것도 밭과 의논할 수밖에 없다. 우선 눈에 들어오는 게 가지다. 가지는 우리 밭에서도 여름의 왕이기 때문에 매일 따서 그날그날 떠오르는 요리로 즐긴다.

여러 가지 요리가 있지만 지금까지 만든 것은 다음과 같다.

차센* 가지

가지 꼭지를 반쯤 잘라 남겨 두고 같이 익힌다. 몸통에 칼집을 내어 두면 국물을 흡수해 부풀어 오르며 차센 모양이 된다. 나는 달곰 짭짤하게 익힌 것을 좋아한다.

우치와** 가지

어린 가지를 꽃받침이 붙은 채로 반으로 갈라서 잘 익힌 후 대체로 두 개씩 접시에 담고 볶은 참깨를 으깨어 된장, 설탕과 버무려 양념장으로 올리거나 옆에 담아낸다.

찐 가지

작은 것은 통째로, 큰 것은 반으로 갈라 찜기에서 잘 찐다. 이것도 껍질이 있는 쪽에 칼집을 넣는다. 다 쪘으

---

*   말차를 끓일 때 저어서 거품이 일게 하는 도구.
**   둥근 모양의 부채.

면 접시에 담고 간 생강을 조금 곁들인다. 간장에 찍어 먹거나 볶은 참깨를 으깨어 된장, 설탕과 버무린 양념장을 발라 먹어도 좋다.

구운 가지

다들 해 먹는 음식인데, 잘 구운 껍질을 벗길 때 형태가 뭉개지지 않게 해야 한다. 작은 가지를 꼬치에 꽂아 구워본 적이 있는데 경단이라고도 할 수 없는 묘한 느낌의 구이가 되었다. 전부 간 생강이나 생강즙을 넣은 간장을 곁들여 먹는 게 가장 맛있는데, 단맛을 즐기는 손님이 있다면 된장이 좋을 것이다. 잘 이겨서 단맛이 나게 하는데, 술을 좋아하는 이들은 역시 이걸 싫어하고 생강이 낫다고 한다. 아내는 핫포지루***를 곁들인다. 이것은 교토식인데 다시마 국물은 아무래도 비린내가 나고 가지가 흠뻑 빨아들이면 맛이 없다. 그래서 구

*** 가다랑어포를 우린 국물에 간장, 미림 등으로 맛을 낸 것. 흔히 메밀국수 장국이나 튀김을 찍어 먹는 국물로 쓴다.

운 가지는 역시 가지의 감칠맛을 즐기고 싶어서 가지 자체에서 나온 국물만을 마신다. 별 재주가 없어서 그러는 게 아니냐고 한다면 할 말이 없지만 말이다.

밭에서는 여름 무가 고개를 들고 있다. 뽑아 와서 잘 씻은 다음 유부와 익힌다. 가루이자와의 무는 작고 가늘어서 교토 무처럼 공기에 그득히 들어앉을 모양새는 아니다. 그래서 볼품은 없지만 그래도 먹어 보면 어엿한 무다. 무가 무답다고 말하면 비웃을 사람도 있겠지만, 도시의 슈퍼마켓에서 요즘 무를 사서 강판에 갈아보면 정말로 무다운 매운맛을 만날 수 없다. 어찌된 일인지 튀김 전문 식당에서 내놓는, 국물 옆에 듬뿍 담아 놓은 간 무도 달아서 밍밍한 맛이 난다. 게다가 무다운 강한 매운맛도 없어서 싸구려 두부처럼 싱겁다. 교토는 역시 달라서 그런 무가 적다. 하지만 얼마 전에 유명한 'U'라는 가게에서 튀김 메밀국수를 먹으며 푸른 빛이 도는 간 무를 장국에 듬뿍 넣어 보았더니 달지도 맵지도 않고, 그저 색을 더하기 위한 것인 걸 알고 실망

했다. 가루이자와의 우리 밭 무는 나뭇잎을 묻어 둔 땅이 토질이 좋은 덕분인지 좌우간 가늘게 자랐어도 얼얼하게 매워 위세가 당당하다. 그래서 유부와 익혀도 흙의 맛이 무에 배어 미묘하다. 나는 연극에 관여하는 날이 많아서 종종 배우의 연기가 서툴 때 다이콘야쿠샤*라는 말을 쓰는데, 가루이자와의 여름 무만큼 얼얼한 맛을 지닌 배우라면 '다이콘'이라는 말을 들어도 좋지 않을까 싶다. 언제부터 사람이 무를 업신여기게 되었는지 이상하다는 생각이 드는데, 무가 언제 어디에나 있기 때문에 그렇게 말하는 걸까. 언제 어디에나 있는 것만큼 귀중한 것은 없다. 무를 대신해 불만을 말해 둔다.

양하의 계절도 여름이 한창일 무렵일 것이다. 정원 구석에서 키우고 있는데 무리 지어 자라고 있다. 이 양

---

* 다이콘은 '무', 야쿠샤는 '배우'라는 뜻이다. 다이콘야쿠샤 또는 다이콘은 연기가 서툰 배우를 말한다.

하를 따와서 산초를 갈아 넣은 된장으로 무쳐 본다. 술
꾼들이 이것을 무척 좋아한다. 산초를 잘 갈아서 적된
장에 넣었더니 상당히 맛이 괜찮았다. 양하를 딸 때 지
면을 잘 살펴봤더니 이것은 땅속줄기에 이어져 있는 꽃
봉오리였다. 꽃이 크게 피면 속이 비어서 향도 맛도 떨
어진다. 그래서 단단한 부분을 따 온다.

옛날, 절에 있을 때 주지 스님이 양하를 너무 많이 먹
으면 바보가 된다고 했다. 무슨 논리로 그런 말을 했는
지는 모르겠지만 지금도 마음에 남아 있다. 그래서 된
장에 무쳐 먹거나 또는 냉두부에 곁들이려고 잘게 썰
때는 '바보가 되지 마라' 하고 주문처럼 중얼거려 본다.
일본 전통 요리 연구가 야나기하라 도시오의 『산나물
세시기(山菜歲時記)』(후진가호샤, 1981)에 따르면 채소 가
게에서 양하를 '바보'라고 부르는 것 같다. 나는 채소
가게에 그다지 가지 않으므로 가게 주인이나 점원이 그
런 은어를 쓰는 경우를 본 적은 없다. 하지만 어딘지 바
보라고 불릴 만한 면모도 있는 듯하다. 양하를 따러 갔
을 때 본 땅바닥에 나와 있는 모습이 그렇다. 여기저기

서 작은 죽순처럼 끝이 뾰족한 고개를 들고 있는 모습이야말로 아무런 근심, 걱정이 없는 바보 어린아이 같다. 색도 보라색이 감도는 갈색이고, 잘 보고 있으면 이런 식으로 땅바닥에서 봉오리가 나오는 꽃은 이상한 식물이라는 생각이 들 법도 하다.

　　옛날에 석가세존의 제자 중에 주리반특이라는 성자가 있었는데, 타고나기를 머리가 나쁘고 게다가 잘 잊어버리는 버릇이 있었다. 자신의 이름조차 잊어버릴 때가 있어서 목에 명찰을 걸고 있었다고 한다. 깨달음을 얻을 때까지 남보다 갑절의 고행을 하고 세상을 떠났는데, 이 성자의 묘지에 난 식물이 양하였다고 한다.

　『산나물세시기』에서 재인용했는데 주리반특이라는 승려의 이름은 불경에 나왔던 기억이 있다. 가섭존자라든가 아난존자가 뛰어난 제자였던 듯하다. 주리반특은 말석에 있는 제자였다. 그러나 "깨달음을 얻을 때까지 남보다 갑절의 고행을 하고 세상을 떠났다"는 점에서 대단한 사람이라고 생각한다. 깨달음을 빨리 얻는다고 해서 좋다고만 할 수는 없다. 그만큼 고행의 시간이 줄어들 뿐이고, 먼 길을 지나 깨달음에 이르는 모습도 나쁘지 않다. 오랜 고행을 거쳐 이른 피안이 해탈이라면 이는 이것대로 훌륭하며, 속히 깨달음을 얻은 사람들이 해탈에 싫증을 내고 다시 평범한 길로 돌아갈 무렵에 그제야 도착하는 것도 좋을 것이다. 그런 성자도 있어서 좋다.

양하가 그러한 사람의 묘지에 무성하게 났다면 나는 어딘지 모르게 지구에 돋은 좁쌀 같은 알갱이들처럼 죽순 모양으로 고개를 든 이 묘한 봉오리가 소중해 보인다. 시간을 들여 깨닫는 사람을 누가 바보라고 정했는가. 불교에 빠른 효율을 추구하는 사상이 있다고 생각지는 않지만, 이솝 우화에서도 천천히 걸어간 거북이가 토끼를 이긴 이야기가 있었고 신칸센보다 일반 철도가 좋다는 사람을 누가 손가락질할 것인가 반문하고 싶다.

나에게 양하는 여름 채소로는 훈장을 주고 싶은 존재이지만 독자들은 어떻게 생각할까. 이렇게 자기를 완고

하게 끝까지 지키면서 말없이 깊은 맛을 온몸에 지니고 있는 채소를 나는 알지 못한다.

양하를 심은 가까이에 딸의 친구들이 닛코에서 뽑아 다 준 작은 산초가 벌써 꽤 많이 자랐다. 그 옆에 또 한 그루를 도쿄에서 가져와 심었는데 이 나무는 내 팔뚝만큼 굵어졌다. 둘 다 열매가 열리지 않는다. 이상한 일이다. 열매를 맺는 나무를 가져왔는데도 열매가 맺히지 않는 것은 무슨 까닭일까. 어느 잡지에 썼는데 도쿄에서 열매를 맺은 나무가 여기에 옮겨 심자마자 열매를 잃어버렸다. 산초도 그렇다. 그래서 매년 잎만 따서 요리에 쓰고 있는데, 열매와 잎을 같이 조리기 위해 가루이자와에서도 오이와케에 있는 슈퍼마켓에서 열매를 구했다. 제법 알이 굵은 산초여서 나는 시간을 들여 조렸다. 이것은 아침 식사를 맛있게 즐기기 위한 음식으로, 손님에게 내는 것은 아니다. 뚜껑이 있는 용기에 넣어서 냉장고에 보관하고 늦가을, 아니 겨울까지 소중히 여긴다. 밑반찬으로 먹는 나물이라고 할 수 있겠다. 비숯한 음식으로 달콤하면서도 짭짤한 고추조림이 있다. 가을에 고추를 뽑을 때 열매와 잎을 함께 조리는데, 가을이 오기도 전에 빨리 먹고 싶어서 칠월에 열매를 따서 조릴 때도 있다. 나아가 겨울까지 남겨 둘 붉은강낭콩을 달게 조리는 것도 좋다. 전부 냉장고에 넣어 두고 손님의 얼굴을 살피며 내놓는데, 혼자서 아침 식사를 하는 내게 이 세 가지 반찬은 언제나 따뜻한 밥을 다 비우게 해 준다.

이 계절에 교토에서는 나물 무침으로 번행초를 즐긴다. 밭에 달려가서 번행초를 한 움큼 뽑아 와 몇 분 만에 참깨로 무쳐 보았는데, 가루이자와의 슈퍼마켓을 눈여겨보다가 '가루이자와 나물'이라는 채소를 발견했다. 언뜻 번행초처럼 보이지만 모양이 다르다. 하지만 참깨 무침에 어울릴 듯해 줄기가 붉은 것을 사서 잘 데친 다음 무쳐 보았더니 이게 굉장히 맛있었다. 그러니 잘 살펴 찾아볼 일이다. 이 나라는 토질이 다른 골짜기들의 집합체라 할 수 있는데 그 골짜기에 맞추어 자라는 나물이 있고, 그런 나물의 무침이 어디라도 있을 거라고 본다. 나의 경우 시금치든 미즈나든 물기가 흥건한 무침을 좋아하지 않는다. 꼭 짜서 참깨를 갈아 넣은 간장으로 무친다. 취향은 각자 다르겠지만 도시에서는 물기가 많은, 즉 질척한 무침을 내는 사람이 있다. 어딘지 모르게 싱겁다. 나물을 먹는 건지 국물을 마시는 건지 모르겠다.

교토 기부네에 있는 '후지야 여관' 여주인에게서 다음과 같은 편지가 왔다.

그 뒤 건승하고 계신 것을 알고 있어요. 저희는 큰 화재를 입었고, 그 뒤 또 가족이 사망하는 등 여러 가지 일이 있었지만 힘을 내서 영업을 하고 있습니다. 기부네에도 어느덧 푸른 잎이 돋을 때가 되어 손님의 발길도 늘었고 바빠서 정신이 없다 보니 무례를 거듭하게 되었습니다.

오늘은 산초를 조렸기에 꼭 드셔보시라고 조금 보냈습니다. 그리고 오사카 미쓰코시 홀에서 선생님이 집필하신 『기부네가와강』을 상연한다는 소식을 신문을 보고 알았어요. 선생님을 반갑게 떠올리며 연극이 성공하기를 빕니다.

산초는 따로 보내서 하루 뒤에 도쿄의 집으로 도착했다. 마침 내가 도쿄의 집에 가 있던 날이어서 아내와 가족들에게 뺏기지 않고 가루이자와의 집으로 가져올 수 있었다. 나는 기부네는 그늘진 곳이니 산초가 맛있을 거라고 생각했다. 후지야 여관 여주인과는 벌써 10년 가까이 만나지 못했다. 몇 년 전인가 기부네에 큰불이 났다는 기사를 읽은 기억이 있지만 바쁘다는 핑계로 위문편지도 보내지 못했었다.

후지야 여관은 나와 다소 인연이 있어서 졸작 『기부네가와강』의 모델이 되었다. 여주인의 반평생을 그린 이야기인데 그 공간을 배경으로 삼았을 뿐, 편지를 보낸 부인이 소설에 나오는 바로 그 인물은 아니다. 십오륙 년 전, 불쑥 찾아갔다가 아름다운 젊은 부인의 식사 시중에 눈길을 빼앗겨 멋대로 이야기를 구상한 데 지나지 않는다. 하지만 작품이 텔레비전 드라마화되기도 하고, 연극으로도 만들어지자 여주인에게 신경이 쓰였다. 모두 내 죄다. 비극적이기도 한 그 이야기가 멋대로 제 갈 길을 가는 오늘날이니 마음 한편으로 여주인에게 미안함을 감출 수 없었다. 그 작품이 이번 여름(1977)에 오사카에서 상연되었다. 여주인이 일찌감치 신문을 보고 산초를 조리기 시작했다고 생각해도 좋을 것 같다.

갈아 넣어서인지 열매의 모양이 정말로 작아서 언뜻 살짝 조린 것처럼 보였지만 젓가락을 대 보니 가는 실 같은 게 딸려 나왔다. 따끈한 밥 위에 얹어 먹었다. 기부네가와강의 물소리가 들렸다. 역시 슈퍼마켓에서 산 열매에 잔가지도 섞여 대충 조린 듯한 변변찮은 내 조림과 달리 여주인의 손길은 무척 꼼꼼했다. 밥에 얹으니 가루가 퍼지듯이 얇게 펴진다.

기부네의 산초를 먹으며 또 한 가지 일을 떠올렸다.

이는 예전에도 언뜻 이야기한 것이지만 산초의 계절이므로 다시 한번 써 둔다. 와카사의 외할머니 이야기다. 여든셋까지 사셨던 분으로 늘그막에는 다리가 불편해졌는데, 밭에 6첩 다다미방 한 칸짜리 집을 짓고, 본가에 살았던 아들 부부와 얼굴을 마주하는 것도 싫어 하시다 불행한 죽음을 맞았다. 무로토 태풍이 와카사를 휩쓸었을 때다. 홍수가 나서 이사하신 그 집까지 물이 덮치는 바람에 흠뻑 젖어 다다미와 같이 떠올라 지옥을 보며 돌아가셨다.

외할머니는 오랫동안 과부로 사셨는데 아직 젊었을 적에 손자인 내가 점심 식사 때 집에 가면 밥상으로 쓰는 상자에 반찬은 아무것도 없이 흰쌀밥이 담긴 밥공기 하나만 내놓았다. 이상하게 여기며 보고 있으면 밥상 옆에 있는 시가라키 항아리* 입구를 끈으로 감은 두꺼운 종이 덮개를 벗기고, 젓가락을 항아리에 찔러 넣어 나뭇가지가 섞인 산초 열매를 조금씩 집어 밥 위에 얹었다. 항아리의 산초는 할머니의 밑반찬으로서 입맛을 잃은 한여름 점심 식사에 놓인 하나뿐인 반찬이었다. 언젠가 그 항아리를 들여다보았더니 엄청나게 많은 즙

---

*　가마 안에서 자기가 구워지는 동안 나뭇재가 녹으며 생긴 자연 유약 때문에 표면에 무작위의 문양과 광택이 생긴 항아리.

이 먹물처럼 검어져 있었고, 산초 열매와 잎, 가지가 모두 바닥에 가라앉아 있었다. 그래서 할머니는 젓가락을 넣을 때 마치 작대기를 찔러 넣듯이 꽂아서 잠시 건더기를 찾은 다음 집어 올렸다. 열매는 몇 개 되지 않았지만 즙이 많아서 방울져 떨어질 정도였고, 떨어지는 즙을 밥공기에 대고 받으면서 할머니는 맛있게 드셨다.

"할머니, 산초 맛있어?"

내가 물었다.

"그럼. 이것만 있으면 할미는 아무것도 필요 없다."

할머니는 세 그릇 정도 밥을 드셨다. 다리가 안 좋아져 마을을 걸어 다니지 못하게 되었지만, 마을 심부름꾼 같은 '아루키'라고 불리던 일을 했다. 전쟁이 나서 아들 부부가 손주들을 많이 데리고 대피해 올 때까지 걱정 없이 사는 과부였다. 그런 할머니가 여든셋까지 흙벽으로 지은 집에 모셔놓고 있던 게 산초가 담긴 시가라키 항아리였다. 나는 보지 못했지만, 집안사람들의 이야기에 따르면 할머니는 돌아가실 때까지 하루도 빠짐없이 산초조림을 드셨다고 한다. 수해로 온몸이 물에 잠기지 않았더라면 다리가 좋지 않았어도 더 사셨을 거라고 지금도 동생들은 이야깃거리로 삼고 있다.

내가 기부네의 산초에 입맛을 다시고 가루이자와에서 어설프게 직접 조린 산초 열매를 아침밥에 얹는 버릇은 할머니에 대한 사랑에서 비롯했다. 늘 말하지만 아무것도 아닌, 고작 산초 열매에서조차 사람은 기억을 더듬어 생명의 역사를 되살린다. 혀에서 녹아 피와 살에 스며드는 맛이란, 즉 이런 식으로 그 사람 나름의 역사와 관련된 흙의 자양(滋養)이라고 할 수밖에 없다.

나카무라 고헤이의 『일본요리의 비법(日本料理の奧義)』이라는 책을 보면 요리에는 여섯 가지 맛이 있어야만 완전한 맛이라고 말한다. 보통 우리는 단맛, 짠맛, 신맛, 쓴맛, 떫은맛의 다섯 가지 맛을 따져 생각하지만, 또하나 '뒷맛'을 더해 여섯 가지 맛으로 분류한다는 게 나카무라 씨의 주장으로 뒷맛이란 '먹고 난 후에 또 먹고 싶어지게 입안에 감도는 맛'이라고 설명한다. 물론 다섯 가지 맛은 알고 있었지만 추가된 맛이 그러한 심리적인 부분도 가미된 것이라는 사실에 감동했다.

인간은 희한한 존재로 먹거리의 대수롭지 않은 색이나 모양을 가지고 그 사람만 할 수 있는 연상을 한다. 예를 들자면 끝이 없겠지만 어떤 먹거리를 어떤 이유로 먹지 못한다고 했을 때, 그 '이유'를 추적하면 아마 심리적인 요소를 발견할 것이다. 산초를 보고 소름이 돋는 사람도 있을 것이다. 그런 사람은 눈을 질끈 감는다. 그 사람에게 뒷맛 같은 건 없다. 또 먹고 싶다고 아쉬워하며 덮개를 덮지 않는다면 그 음식은 밑반찬으로 불합격이다. 결국 우리 외할머니 같은 사람은 산초를 여섯 번째 맛으로 소중히 여긴 사람이었다고 말할 수밖에 없다. 그렇지 않고서는 여든세 살까지 항아리를 부둥켜안고 살지 않았을 것이다. 여든셋이라면 장수한 축에 들어가지만 할머니는 그야말로 변변찮은 반찬만 드신 분으로, 어렸던 내 기억 속의 할머니가 생선을 드신 적은 없다. 있는 것이라고는 밭에서 자라는 것들뿐으로 가지조림, 무조림, 때로는 그 무에 꽤 큰 마른 멸치가 국물도 낼 겸해서 간간이 있는 정도였다.

쓸데없는 이야기를 한 김에 또 한 가지 잊고 있었던 여름 무 활용법을 말해 둔다. 누구나 하는 방법일 수도 있는데 사흘간 계속 절이는 게 아니라 하루만 절이는 겉절이다. 나는 무를 잎도 같이 잘게 썰어 소금을 뿌려 누름돌로 눌러둔다. 아침에 이것을 잘 짜서 간장을 쳐서 먹고 있는데, 이것만큼 달고 밥을 술술 넘어가게 하는 음식이 없다. 매년 여름이 되면 아르바이트를 하는 여대생 둘이 온다. 이들에게 여름 부엌에는 무 겉절이가 늘 있어야 해서 부지런히 만들어야 한다고 말한다. 그들은 잠자코 듣고만 있는데 여기 도착해서 얼마 동안은 무 겉절이를 만들지만, 팔월로 접어들면 겉절이용으로 사 온 플라스틱 용기가 먼지를 뒤집어쓰고 있고 무 겉절이도 잘 만들지 않는다. 시시하다고 생각하는 모양이다. 소금에 절인 무 정도는 요리 축에도 끼지 못한다고 배운 모양인지 가방에 몰래 넣어온 두꺼운 요리책을 펼쳐서는 열심히 고민하고 있다. 책에 쓰여 있는 것 말고 무 겉절이를 만들어라, 거기에서 깊은 맛이 생겨난다고 말해도 후후후 웃기만 한다. 대학에 다니는 만큼 내 말의 중요성을 알 법도 한데 내가 인색한 성격이라 그렇다고 치부해 웃는 것이다. 이상한 교육을 받은 친구들 같다. 겉절이를 꺼리면서 어떻게 여름 요리의 문으로 들어설 것인가.

팔월, 대두大豆의 공덕

팔월은 냉두부의 계절이다. 교토에서 자란 나는 사가 두부*의 쫀득한 식감과 본산 덴류지(天龍寺) 경내에 있던 묘치인(妙智院) 세이잔 두부**의 어딘지 모르게 거칠지만 어미토란과 함께 혀에서 녹던 맛을 몇 년이 흘렀어도 잊을 수 없다. 선종 사원에서는 사흘에 한 번씩은 두부를 먹는데 사실 여기에는 정진요리뿐인 일상에 영

---

*   교토의 사가 지역에서 만드는 두부.

**   묘치인 안에 위치한 정진요리 전문점 '세이잔소도'에서 먹을 수 있는 두부.

양을 담으려는 노력이 깃들어 있어서 많은 선승이 장수한다. 게다가 노스님 중에 눈에 띄는 말라깽이나 지나치게 살찐 사람도 없고, 보기 좋은 건강미가 넘치며 아흔 살이 넘도록 장수하는 사람이 많은 것은 두부의 힘 덕분인가 싶은 생각도 든다. 물론 두부에는 참깨 두부, 호두 두부도 있지만 푸성귀나 나무뿌리만 먹는 사람에게 지방을 제공하는 것은 전부 대두(大豆)의 공덕이라고 해도 좋을 것이다. 맛있는 백 가지 두부 요리를 다룬 『두부백진(豆腐百珍)』이라는 재미있는 책이 있다. 조금 길지만 인용해 보겠다.

두부는 낱알이 변한 것이다. 사물의 변화다. 천지 만물은 변화가 주를 이룬다. 사람이 만든 것과 달리 스스로 변화할 수 있다. 스스로 변화할 수 있도록 천지 만물이 반드시 그렇게 한다. 그리하여 변화는 어찌할 도리가 없는 것이다. 이무기가 보이다 안 보이다 하고, 꽃이 피고 지고, 세태가 이와 함께 변화하며 인간사가 이와 함께 반복하여 어지럽게 모여들었다 갑자기 흩어진다.

변(變)하지 않는 사물이 없고, 화(化)하지 않는 기운이 없다. 생각건대 회남(두부를 창제한 것으로 알려진 회남왕 유안. 두부의 별칭)의 재주는 아득하기만 하다. 제조법은 구습에 따라 지금에 이른다. 작은 낟알은 일단 맷돌에서 탈태(奪胎)하여 깨끗한 물에서 환골(換骨)하고, 구름과 같은 증기를 가득히 채우고, 금세 흰 옥(玉)처럼 되어 나온다. 참으로 기이하지 않은가. 나는 한마디로 비유하여 백진(百珍)이라 한다.

> — 덴메이 원년 신축년(1781) 가헤이* 헤이안**
> 소테이 고큐(曹鼎子九)가 헤키고테이(碧香亭)에서 쓰다

이른바 『두부백진』의 서문으로 두부라는 음식이 얼마나 인간과 깊이 관련되어 있으며 묘미가 있는지를 철학의 영역으로 파고들어가 암시하고 있다. 진기한 글인데, 두부라는 음식의 변모가 고마운 일임을 전하고 있

---

*   일월과 이월을 가리킨다.
**   교토의 옛 이름.

어서 매우 흥미롭다.

　작자는 백 가지 요리를 6등급으로 나누어 심상품(尋常品), 통품(通品), 가품(佳品), 기품(奇品), 묘품(妙品), 절품(絶品)이라 이름 붙이고 각 요리를 평가한다. 심상품은 집집마다 일상적으로 조리하는 요리, 통품은 잘 알려져 있어 조리법을 적을 필요도 없는 요리, 가품은 심상품보다 약간 뛰어난 요리, 기품은 한층 뛰어난 요리, 묘품은 기품보다 약간 더 뛰어난 요리, 절품은 또한 묘품보다 뛰어난 요리로 구분해 백 가지 요리법을 자세하게 서술하고 있다.

　백 가지 두부 요리가 있다는 사실이 놀라울 텐데, 읽어 보고 싶은 사람은 『일본요리대감(日本料理大鑑)』 제4권을 보면 된다. 어느 요리건 침이 고인다. 읽고서 그렇구나, 하며 고개를 끄덕이게 되는 훌륭한 요리가 줄줄이 나온다.

　그중에서 내가 절의 주지 스님에게 배운 한두 가지 요리를 적어 본다.

아게나가시

두부를 참기름으로 볶은 다음, 볶은 냄비에서 꺼내 즉시 물에 담가 기름기를 뺀다. 따로 팔팔 끓여 둔 갈탕* 에 기름기를 뺀 두부를 넣고 적당히 뜨거워지면 두부에 고추냉이된장을 얹는다.

(미즈카미의 주: 고추냉이된장은 된장에 흰 참깨, 호두 등 을 곱게 갈아 넣은 뒤 간 고추냉이를 적당히 섞은 것이다.)

데친 두부

두부를 사방 약 3센티미터 크기의 주사위 모양으로 썰거나, 또는 사각기둥 모양으로 썰어서 거품이 일도록 끓인 갈탕에 1인분씩 넣는다. 뚜껑을 덮지 않고 봐 가면 서 두부가 조금씩 움직이면서 떠오르려고 할 때 건져 올려 담는다. 일찍 떠오르면 설익은 것이니 좋지 않다. 두부의 상태를 잘 파악하는 것이 핵심이다.

그릇은 데워 둔다. 얇게 대패질한 가다랑어포를 끓인

---

*   칡뿌리에서 채집한 녹말인 갈분에 설탕을 넣어 끓인 물.

생강장에 넣고 뜨거운 물을 조금 더해 다시 한번 끓인 후 걸러내서 다른 접시에 담은 뒤 송송 썬 대파, 간 무, 고춧가루를 넣는다.

(미즈카미의 주: 특별할 것 없는 데친 두부가 아니냐고 할 수도 있지만, 갈탕으로 익히는 부분이 요리를 변용시키는 기교이니 잘 읽고 음미해 보면 평범한 데친 두부와 달리 절품 항목에 있는 이유도 알 수 있다.)

참우동두부

냄비를 두 개 준비해서 두 냄비에 물을 팔팔 끓여 둔 후 썬 두부를 국자에 담아 한쪽 냄비에 국자째로 담갔다가 즉시 데워 둔 그릇으로 옮기고 다른 냄비의 끓는 물을 떠 넣는다. 끓인다고 할 수는 없지만 익힌 정도가 정말 절묘하다. 수십 명에게 대접해도 처음부터 끝까지 익힌 정도가 조금도 변하지 않는다. 간장 한 되, 술 세 홉, 밑 국물 다섯 홉을 한데 끓여서 국물을 만들어 다른 그릇에 담고 간 무, 고춧가루, 잘게 썬 대파, 귤피 가루, 아사쿠사 김을 고명으로 얹는다. 두부는 우무를 뽑는

144

틀의 망을 명주실로 만들고 틀에 두부를 밀어 넣어 뽑힐 때 뜨거운 물에 바로 담기게 하는 방식으로 해서 자른다. 또 두부를 밀어 넣는 손은 뜨거운 물 바로 가까이까지 닿아야 한다. 날이 얇은 식칼로 자를 때는 먼저 적절한 크기로 대강 썬 뒤 썬 두부를 왼쪽에 두고 왼손으로 누르며 왼쪽에서 오른쪽을 향해 썰어 나간다. 적절히 잘라 왼손과 칼 사이에 두부를 두고 뒤집어서 다시 처음과 같이 썬다. 써는 동안 칼날이 마르면 물에 적시며 썰어 나간다. 이는 모두 두부를 써는 기술이다. 칼에 식초를 발라도 좋다.

(미즈카미의 주: 참우동두부는 『두부백진』맨 마지막에 실려 있으니 다시 말해 절품 중의 절품이라고 할 수 있는데 누구나 만드는 데친 두부를 가늘게 잘라 우동 모양으로 한 것이라고 해석하기 쉽다. 하지만 숙독해야 한다. 두부의 변모를 얼마나 즐기고 있는지가 가장 중요하다. 만드는 마음과 만드는 기술이 독자적인 맛을 낼 정도의, 즉 비결이 될 만한 것을 지금 이야기하는 것이다.)

그런데 두부는 콩으로만 만드는 게 아니다. 참깨 두부나 호두 두부도 있다. 절에서 종종 주지 스님에게 참깨 두부 만드는 법을 배웠기에 그에 관해 이야기하려 한다.

한번은 무슨 영문인지 주지 스님이 나에게 참깨 껍질을 벗기라고 하셨다. 그 말을 듣고서 우선 나는 그렇게 작은 낟알의 껍질도 벗기나 싶어서 놀랐지만 눈앞에서 스님이 보여 주는 참깨 껍질 벗기기에 금방 마음을 빼앗겼다.

양념절구에 적당량의 참깨를 넣고 소량의 물을 넣어 섞은 다음 손바닥으로 절구의 홈에 힘주어 문지른다. 그러면 금세 쉽게 참깨 껍질이 벗겨졌다. 껍질이 거의 다 벗겨졌다고 생각될 무렵 물을 더 넣으면 껍질이 수면에 둥둥 떠오른다. 그것을 조심스레 버리면 된다. 이걸 몇 번 반복하면 바닥에 뽀얀 참깨가 남는다. 참깨를 햇빛에 말린다. 바짝 마르면 다시 마른 절구에 넣고 되직해질 때까지 간다. 한 홉의 참깨를 한 시간 반 정도 갈았을까. 이것을 약 네 홉 정도의 물로 개서 찌꺼기를 잘 없애는데 물을 넣을 때 한꺼번에 넣지 말고 조금씩 타서 불리고 다시 물을 타서 거르고, 거르고 난 뒤 또 불려서 거르고, 마지막에는 절구를 잘 씻어서 참깨가 풀려 있는 물도 남기지 않는다.

거를 때는 눈이 고운 체를 쓰는데 걸러진 것은 냄비에 옮겨 질이 좋은 갈분을 섞었다. 녹말도 괜찮은가 싶어 한번 해 봤다가 실패했다. 갈분이 아니면 두부 모양이 잡히지 않는다. 신기하게도 한천 또한 소용이 없었다.

냄비 안에서 갈분과 참깨를 푼 물을 섞을 때는 손을 잘 씻고 손바닥으로 문댈 수밖에 없다. 주걱이나 나무 공이로 하는 사람도 있는데 그렇게 하면 나중에 멍울이 지기 때문에 손바닥으로 꼼꼼히 섞는 것보다 나은 방법이 없다.

약한 불에 올린 후 주걱으로 젓는다. 불에 올렸으면 절대로 눈을 떼서는 안 된다. 잘 저어 주지 않으면 나중에 갈분이 굳어 버리기 때문이다. 타지는 않으니 오래 끓인다. 갈분이 익었다고 금세 냄비를 불에서 내려서는 안 된다(경험이 없는 사람이 종종 이렇게 한다). 계속 끓이면 되직하던 것이 점차 부드러워진다. 이를 더 젓는다. 그러면 점점 코를 자극하는 좋은 냄새가 난다. 이윽고 다시 되직하다 싶으면 처음으로 불에서 내린다. 불에서 내렸으면 곧바로 도시락통이나 찬합에 담아 주걱 같은 것으로 위를 평평하게 만든다. 식으면서 굳어진다. 대강 이렇게 하는 것이 즈이슌인 방식의 참깨 두부 만들기였다. 쇼안 주지 스님은 내게 이러니저러니 나무라며 만들었지만 이는 단단히 강조해 전수하는 방식이었다. 승당에서 전좌와 은시를 한 경험에서 그러셨을 것이다. 손도 재발랐는데 곁에서 보면서 잘 배울 수 있었다.

하지만 이건 벌써 옛날 방식이 되었는지도 모른다. 요즘 방법을 내게 가르쳐 준 사람은 참깨를 질냄비에 넣고 세 알 정도가 톡톡 튈 때 불에서 내려 뜨거울 때 양념절구에서 갈기만 해도 된다고 했다. 껍질을 벗기는 것은 올바른 방법이 아니고 껍질 자체에 맛이 있으며 또한 알맹이만으로 나는 색보다 풍미가 깊은 색감이 나서 훨씬 낫다고 했다. 그 방법도 해 봤다. 과연 껍질을 그대로 쓴 쪽이 색감도 더 낫고 참깨 맛도 살아 있었다.

다시 참깨 두부 만드는 법으로 돌아가면, 도시락통 안에서 굳어진 두부를 인원수를 생각해서 취향대로 자르는데, 나는 조금 큰 양갱만 하게 잘랐다. 곁들이는 양념장으로는 고추냉이를 넣은 간장도 괜찮다. 갈분을 물에 풀어 걸쭉하게 끓인 양념장을 얹고 그 위에 고추냉이를 올리는 방법도 있다. 도시락통 같은 용기가 없을 때는 찻잔에 담아 냉장고에서 식히고 먹을 때 찻잔을 뒤집어서 접시에 담아 푸딩처럼 먹는 것도 좋지만, 나는 이 방법이 어딘지 서양식 같아서 내키지 않는다. 역시 손이 가더라도 양갱처럼 자르는 게 정통이 아닐까 한다.

땅콩 두부를 비롯해 다른 두부들도 있다. 참깨 대신 땅콩을 쓴다. 누에콩을 써도 좋다. 콩은 끓는 물에 삶아서 껍질을 벗기고 잘 갈아야만 한다. 그런 다음 고운체로 거른다. 한천을 두 시간 정도 물에 담가 부드럽게 불리고 물기를 잘 뺀 다음 한 홉 반 정도의 물에 끓이며 녹여서 한 홉 정도로 졸아들면 천으로 거른다. 거른 한천을 조금씩 갈아 놓은 콩에 섞으면서 취향에 맞게 소금으로 간을 하거나 단맛을 내도 좋은데, 찬합에 넣어 냉장고에 두면 굳는다. 풋콩, 은행, 호두, 팥, 연근, 쇠귀나물 덩이줄기, 표고버섯 등 뭐든 좋다. 주변에 있는 갈 만한 재료를 절구에 갈아서 한천으로 굳히는 이 두부 만들기는 무척 재미있는데 푸성귀나 다시마로도 만들려고 하면 만들 수 있다. 나는 풋콩 등을 밭에서 뜯어 와서 그 푸른색을 으깨어 두부로 만들 때의 신선함을 고급스럽게 여긴다.

표고버섯 두부라고 하면 어색하게 들리겠지만 교토 등지에서는 '우즈마키(うずまき, 소용돌이라는 뜻)'라고 부른 기억이 있다. 표고버섯의 밑동을 자르고 물에 잘 씻은 갓을 절구에 간다. 거기에 두부를 조금씩 으깨서 섞고 잘 갈아서 찻잔에 넣는다. 이것을 찜기에 넣어 찌면 금방 익는다. 익으면 꺼내서 찻잔을 뒤집어 그릇에 담고 녹말이나 갈분을 물에 풀어 끓인 양념장을 끼얹는다. 간 고추냉이를 얹으면 일품이다. 이때 표고버섯의 향을 즐기기 위해서는 처음에 불에 살짝 구워 향을 내

도 좋다. 화기에 마른 부분을 절구에 갈면 버섯 향이 그대로 가루에 남아 두부에 섞어도 살아 있다.

여기까지 쓰면서 기세이(擬製) 두부와 아와유키(淡雪) 두부가 떠올랐다.* 기세이 두부는 두부에 기름을 듬뿍 써서 영양을 고려한 볶음이 일품이다. 우선 두부에서 물기를 잘 빼고 고운체로 거른 다음 밑이 얕은 볶음용 냄비에서 잘 볶아 준다. 표고버섯, 은행, 목이버섯, 당근, 죽순을 잘게 썰어 같이 볶다가 소금, 설탕으로 간을 한 다음 두부를 섞고 계란말이용 프라이팬에 넣어 평평해지도록 눌러 모양을 잡으면서 굽는다. 뒤집어서 반대쪽도 구워야 한다.

아와유키 두부는 알맞은 이름이다. 여름에는 정말로 더할 나위 없는 식재료라고 할 수 있다. 한천을 물에 두 시간 정도 불린 뒤 잘 짜서 물 두 홉을 더해 끓여 녹

---

* 기세이 두부는 으깬 두부를 원래 모양으로 되돌린다는 것에서 유래한 이름이고, 아와유키 두부는 눈처럼 입안에서 살살 녹는 식감 때문에 붙여진 이름이다.

이고, 설탕을 조금 넣어서 끈적해져 실이 나올 때까지 약한 불로 끓인 다음 고운체로 걸러둔다. 두부는 잘 으깨어 볶은 다음 고운체로 거른다. 여기에 한천을 부으며 잘 섞은 것을 물로 차갑게 만들어 놓은 도시락통이나 찬합에 흘려 넣어 굳힌다. 이것을 네모지게 잘라 접시에 담고 고추냉이를 푼 초간장을 뿌려도 좋고 간장을 뿌려도 좋다. 고추냉이를 잘 개는 것이 중요한데 차가운 촉감이 그야말로 시원하다.

나아가 다시마 등을 넣어 맛을 낸 국물에 한천과 두부를 섞어 잘 풀어서 약한 불로 끓인 후 식혀서 냉장고에 넣어 차갑게 만든 뒤 틀로 우무처럼 가늘게 뽑아내 그릇에 담고 고추냉이 간장을 더해 먹는 것도 좋았다.

여름의 선종 사원에는 손님이 많았다. 오본** 행사는 물론이고 더위를 피하려는 손님들이 주지 스님의 거처에 방문하므로 저녁 무렵부터 술자리가 벌어진다. 동자

** 조상의 영을 기리는 일본의 전통 명절. 원래는 음력 7월 15일 경이었지만 현대에는 양력 8월 15일을 전후해 명절을 기념한다.

승은 두부를 바라보며 오늘은 아와유키 두부를 해 볼까, 두부볶음을 해 볼까, 하며 건조식품 상자에 들어 있는 한천으로 손을 뻗는다.

이상하게 가루이자와에 있어도 젊은 시절에 부엌에서 이런저런 음식 궁리를 하던 생활이 다이몬지 아미다가미네 봉우리의 불꽃*과 함께 되살아나 혀가 교토의 맛을 느끼며 그리워한다.

이런 이야기를 쓰고 있자니 아직도 이것저것 두부 요리가 자꾸 떠올라 난처하다. 무엇을 만들든 간에 그 계절의 밭과 의논해서 만드는 게 내 방식이다 보니 매번 기세이 두부의 색과 맛이 바뀌어서 즐겁다.

밭에 동아가 크게 자랐다. 동아에 녹말을 걸쭉하게 푼 양념장을 얹어 본다. 우선 동아를 3센티미터 정도로 두껍게 썰어 다시마를 깔고 소금을 조금 뿌려서 오래도록 익힌다. 다시마 국물에 미림, 간장으로 맛을 내고 요

---

* 교토의 다섯 산봉우리에 거대한 모닥불을 놓는 행사를 다이몬지 축제라고 하는데 가장 먼저 불을 놓는 봉우리가 다이몬지산의 아미다가미네 봉우리다.

시노 갈분**으로 끈적한 양념장을 만들어 두었다가 식힌 동아에 얹는다. 산초 새순을 곁들이면 손님이 좋아할 것이다.

사실 동아와 관련하여 떠오르는 일이 있다. 3년 전 유월, 중국에 갔을 때 베이징의 식당에서 나온 동아가 들어간 국물이 훌륭했다. 중국에서는 무슨 국이든 큰 그릇에 담아 가져온다. 각자 먹고 싶은 만큼 작은 공기에 담아 먹는데, 종업원이 가져다준 국을 보니 긴 직사각형으로 자른 녹갈색의 이상한 재료만 들어 있어서 묘하게 싱거워 보였다. 이것을 후루룩 마셨더니 뭐라 말할 수 없이 국물이 좋았다. 다른 맛이 없고 동아의 야생적인 맛만 남아 매끄럽게 혀에 녹아들었다. 동아가 그렇게 깊은 맛을 낸다는 데 감탄하며 돌아왔는데, 돌아와서 만들어 보니 그 식당의 국에는 전혀 미치지 못했다. 역시 끓인 국물에서 나던 미묘한 맛이 나지 않았다. 다시마도 평범하게 국물을 내면 맛이 없고, 동아는 잘 다

** 나라현 요시노 지방에서 만드는 고급 갈분.

루지 못해 실패만 거듭했다. 하지만 베이징에서 먹었던 맛이 잊히지 않아 아직까지도 정진을 하고 있고 이번 여름에야말로 성공하고 싶다.

사치를 줄이고 검약하여 매일 소박한 반찬만 먹는 사람이 두부를 좋아할 것은 말할 필요도 없다. 노인의 치아는 약하고, 또 치아가 빠진 사람이라면 아무리 맛이 뛰어난 음식이나 귀한 음식이 넘쳐나 눈에 보이고 냄새를 맡아도 먹기 어려울 것이고, 가령 억지로 먹어보더라도 맛을 즐기기 어렵다.

근래에 고급스러운 음식은 있으나 진미는 얻기 어려운 것과도 비슷하다. 오직 두부만이 치아가 하나도 없는 쇠약한 노인이라도 평소에 좋아할 만한 훌륭한 음식이 될 수 있다.

지금 일본에서 만드는 두부는 특별해서 가장 희고 부드러우며 독성이 없음은 에도 시대 명의 가가와 선생의 말씀에 상세히 나와 있다. 또한 에도 시대의 유학자 이토 진사이 선생의 이런 시도 있다.

이가 흔들리고 어금니가 빠져 먹는 데 온갖 어려움을 겪으니[齒搖臼脫百難食]

오직 음식 중에 두부가 뛰어남을 깨닫는다[唯覺食中豆腐優]

수많은 내용을 담은 『회남자』*도[浩博淮南鴻列解]

두부의 두터움과 부드러움에는 미치지 못한다[未如斯味厚能柔]**

『두부백진 속편(豆腐百珍續編)』에서 인용했는데, 옛날부터 두부는 노인들이 좋아했다기보다 젊은 사람이 나이 든 손님을 대접할 때 선호했던 재료임을 덧붙여 둔다. 이토 진사이의 시에서 말하듯이 치아가 흔들리고 나아가 잇몸만 남아 여러 가지 음식을 먹지 못하게 된

---

* 전한(前漢) 회남왕 유안이 여러 학자와 편찬한 일종의 백과사전으로 전 21권이다. 우주의 근원은 물론 세상의 여러 법도나 제도 등을 담고 있다.

** 『회남자』를 편찬한 것도 회남왕 유안의 큰 업적이지만 그보다는 두부를 만든 것이 더 큰 공이라는 의미로 해석할 수 있다.

지금의 나는 모든 음식 가운데 뛰어난 것이 두부라고 단언한다. 진사이의 감탄은 여기저기 치아가 빠진 나도 잘 이해할 수 있다.

팔월이 되면 가루이자와도 관광객과 피서객으로 넘쳐 나 가까운 우회도로 등은 주말이 아니더라도 차가 밀린다. 주위 길에는 자전거족도 많다. 시끄러워서 좀처럼 밖에 나가지 않고 서재에 틀어박혀 있기만 했는데 늘 정원에 오던 다람쥐 부부에게 변고가 생겨서 적어 둔다. 내 멋대로 다람쥐 부부라고 생각하는 것이지만, 항상 두 마리가 같이 와서 버드나무 아래 수조 옆 먹이를 두는 받침대에서 내가 놓아 둔 호두, 빵 부스러기, 밤 등을 먹고 자기네 보금자리로 돌아갔다. 바로 그 두 마리가 오지 않는다. 걱정을 했더니 집에 드나드는 목수가 와서 "이삼일 전에 저기서 다람쥐가 죽었어요"라고 말했다.

"죽었다고요?"

"분명 차에 치였을 거예요. 너무 무참해서 제가 흙을 파서 묻어 주고 왔어요."

나는 파랗게 질렸다.

"어디에서요?"

"집 앞에 난 아스팔트 도로요."

그렇다면 그 부부 중 어느 한쪽이 아닐까 싶었다. 나는 차에 부딪혀 나가떨어진 다람쥐는 아마 수컷이 아닐까 하는 생각을 하곤 했다. 두 마리가 같이 오던 때도 열심히 먹이를 찾는 쪽은 아무래도 수컷 같았다. 암컷 쪽은 느긋해 보였다. 물론 나는 동물에 관해 잘 모르기 때문에 암수 다람쥐를 구분할 능력이 없다. 하지만 요즘 세상을 봐도 돈을 벌러 나서는 쪽은 대개 남자들이니 그렇게 생각했을 뿐이다. 차에 치인 다람쥐는 분명 보금자리에 있던 새끼들에게 먹이를 가져다주려다 위험한 차도로 나왔을 것이다.

그 뒤 사흘 정도 지나서 나는 남은 다른 다람쥐 한 마리가 오는 걸 봤다. 암컷이었다. 어딘지 얼굴이 야윈 것 같았다. 먹이를 놓아 둔 받침대에 올라가서 잠깐 생각에 잠긴 듯이 내 쪽을 보더니 쓸쓸히 호두를 먹었다. 내가 지나치게 생각하는 것일지도 모르지만 얼굴이 심하게 야위어 있었다.

나는 그 뒤 짝을 잃고 홀로 남은 그 다람쥐의 모습을 몇 번 발견했는데, 팔월 중순이 되어 다시 두 마리가 다니는 모습을 봤다. 새 다람쥐는 매우 위세가 당당했다. 먹이를 놓는 받침대로 민첩하게 뛰어 올라와서는 내 쪽은 보지도 않고 바쁘게 먹이를 먹었다. 옆에서 암컷이 보고 있었다. 아마 수컷이 죽고 나서 젊은 수컷을 데려온 것이 아닐까 짐작할 수 있었다. 인간 세상에도 종종 있는 이야기다.

어쨌든 다람쥐의 생활을 봐도 그들은 나와 마찬가지로 정진음식만 먹기 때문에 먹을 것을 구하느라 바쁘고 온종일 뛰어 돌아다니는 처지임을 알 수 있다. 차량이 몰려드는 여름에는 새 다람쥐 부부 역시 잠깐 산책하는 데도 목숨을 걸어야 한다. 짐승의 세계도 한 치 앞을 내다볼 수 없는 세상이다.

구월, 산山의 향을 먹다

송이의 계절이다. 교토에서 살았던 나에게 송이는 역시 가을 미각의 으뜸이어서 그와 관련한 여러 가지 생각나는 일들이 있다. 특히 기누가사산 도지인에 있을 때 산에 올라가 마음대로 송이를 땄던 날들이 떠오른다.

지금은 기누가사산 기슭 남쪽의 도지인 쪽으로 리쓰메이칸 대학 캠퍼스가 들어서고 캠퍼스 위쪽으로 자동차 도로가 우회하고 있어 옛날의 면모는 다 사라졌지만, 쇼와 시대(1926~1989) 초기에는 아직 도지인의 묘지가 산기슭에 펼쳐져 있어서 보기 좋은 소나무가 무성하게 있는 완만한 경사가 묘에서 곧바로 내려다보일 정도였고, 꼭대기까지 길이 나 있었다. 나막신을 신고서도 올라갈 수 있을 정도로 완만한 길이었는데 꾸불꾸불한 붉은 흙길 옆에는 우라지로(잎 뒷면이 희다는 뜻으로 풀고사리의 별명)의 잎이 끝도 없이 나 있었다. 이 우라지로가 있는 곳에는 송이가 자란다. 와카사에서도 산에 들어가 버섯을 잔뜩 따며 놀았던 내게 우라지로의 잎은 그리움을 불러일으킨다. 우라지로의 딱딱한 줄기를 뿌리에서 꺾어서 채취한 송이를 끼우면 잎이 양쪽으로 갈라지는 지점까지 꽂을 수 있었는데, 그렇게 꽂은 꼬치를 잔뜩 갖고 돌아왔던 기억이 있다.

지금은 어떤지 모르겠지만 기누가사산에는 줄을 쳐서 산 주인이 이를 관리한 기억도 있는데 동자승들은 공공연히 줄 밑으로 들락거렸다. 송이가 나는 곳은 후각을 이용해 찾지 않으면 좀처럼 발견할 수 없다. 땅을 대나무 주걱으로 파헤쳐서 버섯 냄새가 나는 보라색 흙이 나오는 곳을 눈을 크게 뜨고 노려보면 부스럼 딱지 같은 버섯이 숨어 있었다. 우라지로 위를 걷다가 갑자기 미끄러져서 놀라 돌아보니 나도 모르는 사이에 갓을 편 큰 송이버섯이 무성한 곳을 걷고 있었다는 걸 알고 좋아서 날뛰었던 적도 있다. 그런 식이었으니 여유가 있던 시절이었다고 다시금 생각하게 된다.

절에서는 송이를 국물의 건더기로 넣기도 하고 많을 때는 숯불에 구워 유자를 짜서 내기도 했지만, 은박지에 싸서 향기롭게 구운 다음 유자를 뿌려서 먹기도 했다. 또 송이밥에는 술을 조금 넣어 먹었다. 손님이 많을 때는 송이밥공기를 수도 없이 날랐던 기억이 있다. 어쨌든 뒷산에서 캐 온 것을 썼으니 한 개에 몇천 엔이나 하는 귀한 재료가 된 요즘에는 꿈도 못 꿀, 송이만 먹는 나날이 이어졌었다.

가루이자와에 온 뒤로 버섯의 계절이 오면 역시 그때의 일들이 생각난다. 신슈의 산에도 송이가 있다. 하지만 가루이자와에는 송이가 드물어서 버섯 중에는 민자주방망이버섯과 큰비단그물버섯이 으뜸이고 이들은 우리 집 정원의 낙엽송림 아래를 걸으면 금방 눈에 띈다. 민자주방망이버섯은 언뜻 보기에 내가 꺼리는 색인데, 와카사 등지에서는 싸리버섯은 먹어도 자줏빛이 도는 버섯은 독버섯이라고 아무도 손을 대지 않는다. 그런데 신슈에 와서 민자주방망이버섯의 고급스러운 맛에 반해 버렸다. 우리 집 정원에도 나지만 주인 없는 빈 별장의 정원을 들여다보면 제법 부스럼 딱지처럼 돋아난 곳이 있다. 그것들을 따 와서 국의 건더기로도 넣고 굽기도 하면서 즐기고 있는데, 혼자 사는 게으름뱅이에게 안성맞춤인 요리법을 작년부터 익혔기에 소개해 본다.

우선 밥을 덮밥용 그릇에 담고 찜기에 넣는다. 물이 끓어올라 그릇이 뜨거워져 손을 댈 수 없게 될 즈음 민자주방망이버섯을 잘 씻어서 큰 것은 칼로 세로 삼등분하고, 작은 것은 반으로 잘라서 밥 위에 얹는다. 그릇의 뚜껑은 덮지 않고 찜기의 뚜껑만 덮고 다시 찌기 시작한다. 그렇게 해서 뚜껑을 열어 상태를 봐 가며 버섯이 잘 익었을 때를 확인해서 작은 병에 든 간장을 뿌린다. 이렇게만 하면 된다.

혼자 살고 있으니 덮밥용 그릇째로 꺼내서 덥석덥석 먹어도 된다. 손님이 있으면 버섯밥을 작은 공기에 나누어 담는다. 이른바 간장밥*에 버섯의 향기가 스며들어 교토의 송이버섯밥을 능가하는 흙의 맛이 난다. '향은 송이, 맛은 시메지**'라는 말이 있다. 그 말이 맞는 듯하다. 민자주방망이버섯의 맛은 오래도록 혀에 남는다.

흙의 맛이라고 했는데 시메지만큼 흙내와 산 냄새가 물씬한 먹거리는 없는 것 같다. 낙엽송이 이슬방울을 떨어뜨려 저 묘한 곰팡이를 기르는 것은 수목의 신비함을 떠올리게 한다. 늘 생각하는 것이지만 이 기괴해 보이는 곰팡이를 최초로 먹어 보고 맛있다며 다른 이들에게도 권한 사람에게 고마워해야만 한다.

가루이자와의 낙엽송림을 걸으며 민자주방망이버섯을 발견했을 때의 기쁨이 각별하지만, 큰비단그물버섯 또한 시메지에 비해 많이 나서 즐기는 버섯 중의 하나

* 밥을 지을 때 간장을 뿌려 맛을 낸 밥.
** 주름버섯목 버섯의 총칭. 민자주방망이버섯의 일본 이름이 무라사키(보라색) 시메지다.

다. 이 버섯은 크게 자라서 송이에 뒤지지 않을 만큼 큰 갓이 펴지는데, 먹을 때는 역시 어리고 매끄러운 느낌의 버섯을 씻어서 잘 익힌 것을 간 무에 섞어 먹는다. 된장국의 건더기로도 넣을 수 있지만, 나는 역시 민자주방망이버섯을 더 좋아한다. 아무래도 큰비단그물버섯의 맛이 한발 뒤처지는 듯하다.

여기 사는 사람의 말에 따르면 잡목림에는 아직 흑비늘송이버섯, 잿빛만가닥버섯, 배불뚝병깔때기버섯 등이 있어서 잘 찾으며 걸으면 여러 가지 버섯을 딸 수 있는 모양이다. 하지만 나는 어릴 적에 독버섯을 먹고 죽을 뻔한 적이 있어서 구별하기 힘든 수상한 버섯에는 손을 대지 않는다. 주의하지 않는 바람에 우연히 맹독을 먹고 죽은 사람이 있다고 사쿠에서 오는 목수 같은 이들이 말했다. 그러니 아무리 흙의 맛이 좋다고 해도 독을 만나면 모든 것을 잃는 법이다.

작년의 일인데 신슈 어디인지는 잊어버렸지만(아마도 모치즈키 사람이었던 것 같은데 확실하지는 않다), 한 별난 할아버지가 화분에서 송이를 재배하는 것에 성공했

싸리버섯

표고버섯

잿빛만가닥버섯

배불뚝병깔때기버섯

민자주방망이버섯

흑비늘송이버섯

송이버섯

다는 기사를 읽었다. 확실하지는 않지만 산에 가서 소나무에 맺힌 이슬이 흘러 떨어진 흙을 잘 찾아서 갖고 돌아와 화분에 넣고, 우라지로 같은 것을 키워 그 잎 그늘에 균을 뿌리고 송이가 싹 트기를 기다렸는데, 십수 년의 노력이 열매를 맺었다고 쓰여 있었다. 군침이 도는 이야기다. 그런데 화분에서 자란 송이의 맛은 어떨까. 그 맛에 대해서는 아무런 말이 없었다. 사람의 지혜가 진보하여 산에서 자라는 버섯까지 처마 밑에서 키우는 데에 이르렀지만, 산에서 따 왔기에 맛볼 수 있는 산의 맛을 처마 밑 화분 속의 포자가 계속 유지할 수 있을까. 이에 관해 그 할아버지에게 물어보고 싶지만 이름조차 잊어버렸다.

가을에 접어든 요즘 송이, 송이 하며 사람들이 떠드는 게 마음에 걸린다. 분명 값이 비싸니 뉴스가 될 법도 하다. 초가을에 종종 교토에 가는데 송이 작황이 좋지 않은 해에는 음식점에 가도 작은 표고버섯 기둥만 한 바짝 마른 송이가 나와서 놀란다. 신칸센 플랫폼의 매점에서 네다섯 개씩 담긴 바구니만 봐도 값이 1만 엔이

넘고 언젠가는 한 개에 5천 엔이나 하는 것을 보기도 했다. 소나무에서 떨어진 이슬방울로 자라는 저런 것이 하나에 5천 엔이나 한다니 혀가 붓는 듯한 느낌이 든다. 그냥 산에 들어가 따 먹었던 나로서는 송이가 어째서 저렇게 비싸졌는지 희한하다는 생각이 든다.

그래서 와카사의 동생 부부에게 전화를 해서 지금도 옛날처럼 산에 들어가 그냥 따 오고 있느냐고 물어봤다. 송이가 나는 대부분의 산에는 줄이 쳐져 있고 상인이 땅 주인에게 권리를 사서 일확천금을 꿈꾸지만 그럴 만큼 풍작이 들었다는 얘기는 별로 못 들었다는 둥, 요즘은 이상하게도 송이 작황이 나빠서 옛날처럼 마을을 둘러싼 소나무 산 어디를 가도 송이 천지였던 가을은 사라졌다는 둥 하는 대답을 들었다. 그래서 너희도 못 먹느냐고 물으니 "아는 곳이 있으니 우리가 먹을 정도는 캐 오지"라고 했다. 아는 곳이란 사방이 산으로 둘러싸인 마을 어딘가의 골짜기에서 몰래 가는, 자기만 아는 송이 산지를 말한다. 우리 마을 관습으로는 산 주인이 있어도 송이를 딸 권리를 인정받는 모양이어서 누구라도 산에 들어갈 자유가 있었다. 물론 산 주인이 그해 땅 위에 나는 송이의 권리를 상인에게 팔았다면 들어갈 수 없지만, 상인이 쳐 놓은 줄이 없는 곳은 여자와 어린 아이도 자유롭게 들어갈 수 있었다. 그렇게 해서 집안에 전해지는 '아는 곳'에 가서 남몰래 캔다. 한 개에 5천 엔이라는 가격이 이상하게 느껴질 수밖에 없다.

그런데 얼마 전에 택시에서 라디오를 듣는데 아나운서가 비싼 송이 가격으로 이야기를 시작해 송이의 영양가에 관한 이야기로 옮기며 어느 대학교수에게 물었더니 영양가는 전혀 없고 그냥 물을 마시는 거와 마찬가지든가 아니면 그보다 떨어지는 정도라고 말해 어처구니가 없었다. 소나무에 맺힌 이슬로 곰팡이가 자라는 것이니 그런 말을 해도 이해 못 할 바는 아니지만 조금도 영양가가 없다는 사실은 처음 알았다. 말하자면 우리는 물 같은 송이의 향기만을 먹는 셈이다. 향기에 지불하는 값이 그렇게 비싸다는 얘기였다. 재미있는 이야기라고 생각했다.

조금 지난 이야기이지만 초가을에 어슬렁거리다 교

토 사가 도리이모토의 '히라노야'에 갔다. 특별한 목적은 없었다. 혼자 걷다 보니 막다른 곳에 있는 '히라노야' 앞에 와 있었다. 아는 사이인 여주인에게 인사를 하려고 객실 입구에 서서 안을 들여다보니 손님이 붐비고 있었다. 산란하러 바다로 향하는 은어 철이어서 이곳은 교토, 오사카, 멀리는 도쿄에서 오는 예약 손님으로 가득했다. 그래서 나는 객실 입구에 앉아 붉게 물든 단풍나무 아래로 붉은 양탄자가 깔린 정원의 풍경을 보거나 앞을 지나가는 젊은이들을 보면서 이 집 딸에게 술 한 병을 청해 앉은 채로 홀짝거리고 있었는데 밖에 나갔던 듯한 여주인이 싱글거리며 돌아왔다. "마침 잘 오셨어요. 지금 산에 다녀왔어요. 이것 좀 보세요. 이렇게 좋은 게 나왔어요."

앞치마로 덮은 한 바구니의 송이는 좀 전까지도 흙에 있었던 듯 강한 향을 내뿜으며 우라지로의 잎 사이에서 둥근 갓을 슬쩍 내비치고 있었다. 여주인은 즉시 안으로 들어가서 계산대 옆 커다란 화로(이 가게의 명물로서 지름이 1미터 정도 되는 철제 화로다)의 숯불에 구워 내

왔는데, 어느새 내 쟁반 위에 손으로 찢은 송이가 수북이 담긴 접시가 얹혀 있었다. 그렇게 맛있는 송이는 처음이었다. 조금 전까지 산에 있었던 송이가 입으로 굴러 들어온다. 너무 맛있어서 술을 몇 병이나 비우고 해가 저물 때 돌아왔는데 발걸음이 비틀거렸다.

나중에 들으니 '히라노야'에는 대대로 지켜온 산이 가까이에 있는데, 그곳이 송이 곳간 같은 곳인 모양이었다. 그러나 그 산에도 송이가 나는 곳과 나지 않는 곳이 있어서 여주인이 아니면 '나는 곳'을 알 수 없다. 딸이 가면 해가 저물 것이다. 집안에 전해지는 비밀 장소는 주인만 알고 좀처럼 남에게 가르쳐 주지 않는 것은 와카사 사람들의 관습과 같다고 생각했다.

송이와 다시마를 약한 불로 오래 조린다고 하면 사치스러운 음식 같지만 뭐라 해도 이것이 쓰쿠다니[*] 가운

---

[*] 어패류, 채소, 해조류 등을 간장, 미림, 물엿 등으로 조린 요리. 밑반찬으로 많이 먹는다.

데 최고라고 생각한다. 다시마도 잘 골라서 좋은 것으로 작게 자르고 송이도 벌레 먹지 않은 것으로 가려서 하루 종일 약한 불로 조려야 하는데 이렇게 손이 가는 일을 하는 사람이 이제 거의 없다. 그래서 나라도 해야겠다고 생각하고 매년 조금씩 조리는데 이 송이다시마조림과 관련해 잊을 수 없는 일이 있다.

오사카 북쪽에 '지쿠세이'라는 가게가 있다. 예전에 오사카 남쪽의 '야마토야'에 있던 게이샤가 세월이 지나 낸 가게로 일반적인 바(bar)와 다르지 않다. 가게를 개업할 때 여주인으로부터 가게 이름을 정해서 직접 글씨를 써 달라는 부탁을 받았는데 글씨에 자신이 없어서 거절했는데도 듣지 않았다. 그러더니 "간사이는 송이가 맛있는 곳이야. 혹시 관심이 있으면 매년 송이 철에 다시마와 같이 요리한 걸 보내줄 테니까 써 줘요."

여주인이 단단히 약속했다. 그래서 색지에 '지쿠세이(竹靑)'라고 써서 보냈다. 송이 철이 오자 여주인의 집이 있는 고시엔에서 보낸 송이다시마조림이 도착했다. 아름다운 항아리에 담고 정성스럽게 전통 종이로 싸서 보냈다. 뚜껑을 열고 즉시 젓가락을 가져갔더니 다시마는 두꺼우면서도 작고, 송이는 작지만 잘 조려져 있었는데 이루 말할 수 없을 만큼 맛이 좋았다. 감사의 편지를 보냈더니 답장이 이렇게 왔다.

"매년 어머니의 즐거움이 늘었습니다. 어머니는 젊었을 적부터 송이다시마조림을 하지 않고는 못 배기는 사람이어서 기뻐하면서 만들어 주셨어요."

여주인의 어머니는 당시 일흔을 넘긴 나이였을 것이다. 그해부터 오늘날에 이르기까지 줄곧 가을이 깊어질 무렵이면 도쿄 집에 항아리가 도착한다. '지쿠세이'는 개업한 지 벌써 8년 정도 되지 않았을까. 덕분에 우리 집에는 송이다시마조림이 떨어질 날이 없다.

이것을 신슈에 가져와 먹으면서 문득 여든 가까운 노인이 딸을 위해 만드는, 약한 불로 오래 끓이는 송이다시마조림의 역사를 생각한다. 간사이라는 곳은 내력을 중시한다고 전에도 썼는데 노인일수록 제철이 왔을 때 만들어야만 하는 조림을 무척 중요시한다. 완고하게 지켜나가는 한두 가지의 음식이 있어서 그것이 가풍이 된다.

앞에서도 잠깐 이야기했지만 송이든 시메지든 이런 기괴한 것을 최초로 먹은 사람의 용기에 감탄하는데, 과연 언제부터 먹었는지 알고 싶어서 정진요리 전문점 뱌쿠운안(白雲庵)을 창업한 하야시 하루카타가 쓴 『야채백진(野菜百珍)』이라는 책을 찾았다. 그중 한 대목에 나오는 '송이 이야기'에 다음과 같은 내용이 있다.

　　일본에서도 송이는 오래전부터 먹어 온 것으로 보이며 『우매기(愚昧記)』[*] 1177년 9월 26일 일기에 "고묘지(光明寺)에 가다. 송이를 따기 위해서다. 산 위의 오두막 집을 찾았다. 대나무로 기둥을 삼고 삼나무 잎으로 지붕을 이었다. 이곳에서 술잔을 나눴다"라고 쓰여 있다.

　　고묘지가 교토 서쪽 교외의 송이 산지로서 800년도 전에 송이를 땄다는 자료다. 또 가마쿠라 시대 초기의 가인(歌人)인 후지와라노 사다이에의 「북쪽 산에 송이

---

[*]　　헤이안 말기~가마쿠라 초기의 귀족, 산조 사네후사의 일기.

를 따러 가는 사람은 가모가와 강변의 여뀌꽃을 땄지어
다」라는 노래가 있다. 송이를 따러 가는데 어째서 가모
가와강의 여뀌꽃을 땄는가 하면, 송이라면 상관없지만
산에 가서 독버섯을 따 먹고 복통이 났을 때 여뀌의 즙
을 짜 마시면 탈이 나았기 때문이다. 즉 독버섯에 대비
해 가져갔던 약인 셈이다. 당상관이나 신분이 높은 남
녀가 산에 놀러 나가는 목적으로 송이가 등장한다는 사
실을 이로써 알 수 있는데, 이와 관련하여 교토가 그 발
상지라면 이런 것을 처음으로 먹고 구별해 준 남자가
있었다고 상상해 볼 만하다. 800년은 아득한 세월이다.
문득 산에 틀어박혀 버섯을 하나하나 먹어 보는 고독한
남자의 얼굴을 상상하니 먹거리의 깊은 역사가 전해지
는 듯했다.

　송이에 관해 이야기하면서 송이 요리에 관해서는 거
의 쓰지 않았으니 내가 좋아하는 요리를 하나 들자면
뭐니 뭐니 해도 손으로 찢은 송이다. 잘 구운 송이를 손
으로 찢어 유자나 등자 즙을 뿌리기만 하면 되는데 이
것을 제일로 친다.

송이를 넣은 계란찜, 도빈무시*, 송이를 넣은 맑은 국, 송이밥 등 여러 가지가 있지만 이것들은 어느 집이든 다 하는 것이니 이것이다, 할 만한 특별한 요리는 없다. 손으로 찢은 송이가 좋은 이유는 송이가 일단 신선해야 하기 때문이다. 풍미가 사라지면 아무런 소용이 없다. 이는 송이뿐만 아니라 시메지 종류도 마찬가지인데 가루이자와에서도 산에서 뜯어 온 것을 오래 놔두지 않는다. 뜯어 왔으면 즉시 잘 씻어서 물기를 빼고 바로 그날 저녁 식사 때 즐긴다.

이 요리가 어디서 시작되었는지는 잊어버렸지만 강연 여행차 갔던 간사이의 동네에서 아침 식사 때 송이를 가늘게 잘라 달짝지근하게 조린 요리를 작은 접시에 내왔다. 맛이 기가 막혔다. 작은 대나무 꼬치에 새끼손가락만 한 송이를 세 개씩만 꽂은 채 뒤집어 가며 바싹 조린다. 주인에게 물으니 술과 설탕, 간장으로 조린다고

---

*   주전자찜. 질주전자에 송이버섯·생선·닭고기·채소 따위를 넣어서 익힌 요리.

한다. 국물이 흥건하면 맛이 없으니 잘 뒤집어가며 오래도록 조리는 게 요령일 것 같다.

앞서 이야기했던 송이다시마조림도 신선한 송이를 오래도록 조리면 풍미가 간에 속속들이 배어 항아리에서 오래도록 향을 그대로 보존한다. 학자가 아무리 영양이 없다고 폄하해도 송이는 흙냄새 가득한 향을 완고하게 지키고 있어서 나는 송이가 물이나 마찬가지라고 말한 사람의 마음을 모르겠다. 그 아나운서가 비싼 송이 가격에 어이가 없어서 어느 정도 과장해서 말했을지 모른다. 누가 나에게 설명을 해 주면 좋겠다. 정말로 송이에 영양이 없는지 말이다. 800년 넘게 살아왔고 게다가 지금도 가을철 먹거리 가운데 제일임을 자랑하는 송이를 위해 문득 그런 생각을 해 본다.

시월, 열매와 시간이 선물한 맛

　산에서 열매가 나는 계절이다.

　가루이자와의 기후도 지내기에 가장 쾌적한 날씨가
되고, 한여름의 흥성거리던 날도 물러나 사람도 말도
산도 밭도 동네 전체가 조용하고 평온한 일상을 되찾는
계절이다.

　젊은이들이 넘쳐 나던 여름의 구도로와 역 앞의 혼
잡함을 멀리해 좀처럼 밖으로 나가지 않았던 내가 장화
를 신고 산으로 들어가는 이유는 고요하고 우아한 잡목
림의 양지 쪽에서 내가 오기를 기다리고 있는 개다래나

무, 스구리*, 풀명자나무 열매를 따기 위해서다. 이때 가까운 산에 많이 있는 밤이나 버섯을 같이 따기도 하지만 나무 열매를 따는 것은 올해도 과실주를 담가 보고 싶기 때문이다.

나에게 개다래나무와 스구리 과실주 담그는 법을 가르쳐 준 사람은 레이크타운의 산에 살 무렵, 가까이에 살던 전 도시샤 대학 학장 호시나 신 선생 부부였다. 몇 년 전 이 부부가 시월 초에 찾아와 정성 들여 만든 풀명자, 스구리 과실주 남은 것을 내게 주고 교토로 돌아갔다. 겨울을 보내는 나를 위해 남은 술을 선사한 것인데 그때 나는 내가 직접 만든 매실절임을 부인에게 선물해 그 과실주와 교환한 모양새가 되었다.

호시나 선생이 내게 "미즈카미 선생도 내년부터 만들어 보세요. 교과서를 두고 갈게요"라고 말하며 작은 팸플릿을 두고 갔다. 과실주 만드는 과정을 간략하게 그림으로 설명한 팸플릿인데 편리했다. 나는 그날 밤

***

* 구스베리와 비슷한 낙엽 관목.

혼자서 선생 부부에게 받은 두 과실주를 마셔 보았다. 정말로 맛있었다. 특히 풀명자 술은 향도, 윤기 나는 황금색도, 맛도 더할 나위 없을 만큼 훌륭했다.

풀명자는 과실주의 왕이다. 향기가 뛰어나 유럽 각국에서 많이 만들고 왕후 귀족이 선호하여 화려한 전당에서 대접한 만큼 역사가 깊어 기원전으로 거슬러 올라간다고 한다.

선생으로부터 받은 팸플릿에는 그렇게 쓰여 있었다. 나도 귀족이 된 듯한 기분이 들었다. 그해 즈음부터 나는 과실주에 사로잡혔다.

풀명자는 잘 찾지 않으면 발견하기 힘든 약간 습한 잡목림 그늘에 있었다. 열매는 딱 굵은 매실만 한데 녹색이고 딱딱했다. 잎 색깔과 같아서 눈여겨 살피지 않으면 놓친다. 한 그루를 찾으면 주변에서 서른 개 정도의 열매를 딸 수 있었다. 해마다 열매의 수는 달랐지만 몇 그루 안 되는 나무를 만나면 역시 귀하다 싶어 왕후 귀족이 즐겨 마실 만했던 술이라는 생각도 들었다.

이에 비해 개다래는 파란 풋콩 꼬투리를 염주에 매달아 놓은 것 같고 키가 큰 나무에 주렁주렁 열려 있었다. 이것을 훑듯이 딴다.

스구리는 아사마 포도라고도 하는데 와카사 등지에 있는 산포도보다 작고 열매도 딱딱하며, 검은빛을 띤 붉은색으로 잘 익어서 수확할 때는 손이 물들 정도다. 이것도 요즘은 마을 사람들이 와카사의 송이처럼 자기만 아는 곳을 숨기느라 아침 일찍 나서서 따기 때문에 나도 지지 않으려면 일찌감치 일어나서 열매를 찾아 주변을 끈기 있게 돌아봐야만 한다. 그래서 열매를 찾으러 가는 가을 산행은 아침 일찍 나가서 해가 저물 무렵에나 집에 돌아오게 된다.

호시나 선생으로부터 전수받은 방법을 본보기로 삼고 팸플릿을 참조해 내 멋대로 만드는 과실주 제조법은 어쩌면 이미 나만의 방법에 가까워져 모범이 되지 못할 거라고 생각하지만, 지금도 부엌 선반에 보관하고 있는 두세 가지 과실주를 만든 방법을 이야기하고 싶다.

우선 스구리는 열매를 따서 잘 씻어서 말린 다음, 저장용 뚜껑으로 꽉 닫을 수 있는 유리병에 담고 과실 양의 4분의 1 정도로 얼음설탕을 넣어 밀봉해 둔다. 소주를 넣기도 하나 본데 나는 그런 것들은 일절 넣지 않고 얼음설탕만으로 숙성시킨다.

두 달쯤 지나면 열매에서 즙이 나와 윗부분에 맑은 액체가 생기는데, 이는 아직 숙성되지 않았지만 이루 말할 수 없을 만큼 맛있는 찐득한 진액이다. 컵에 조금 담고 차가운 물을 타서 잘 섞으면 특별한 주스가 되고, 1년이 지나면 다시 깊은 맛이 있는 찐득하고 맑은 액체가 완성된다.

그 무렵부터 열매는 어느 정도 부풀어서 팥알만 해지는데 이것을 숟가락으로 떠서 술잔에 담고 이쑤시개와 함께 차에 곁들이는 다과 대신 내기도 한다. 손님은 눈을 가늘게 뜨고는 이게 대체 뭐냐고 검붉은 열매를 우물거리며 묻는다. 나는 길게 설명하지 않고 "산에서 나는 스구리 열매예요"라고 짧게 대답한다. 2년이 지나면 열매가 한층 부드러워져 혀에 남는 씨와 껍질도 녹을 것 같은 상태가 되는데, 달콤한 열매에 숙성된 술기운이 물씬 풍긴다. 시간을 들여 낳은 맛이다. 이것을 술이라고 말하는지는 알 수 없지만 스구리 자체가 낳은, 확실한 술임은 분명하다. 『본조식감(本朝食鑑)』이라는 책에 '포도주' 항목이 있는데 다음과 같이 쓰여 있다.

허리와 신장을 따뜻하게 하고, 폐와 위를 윤택하게 한다. 만드는 법은 이렇다. 잘 익어 자줏빛이 된 포도의 껍질을 벗긴 후 찌꺼기와 껍질까지 꽉 짜서 잘 거른 다음, 자기(磁器)에 함께 담아 한적한 곳에 하룻밤 둔다. 이튿날 다시 걸러서 즙을 낸다. 이틀 동안 얻은 진한 즙 한 되를 거품이 끓어오를 정도로 숯불에 달이다 땅에 내려 식을 때까지 기다린다. 이어서 3년 묵은 백주(白酒) 한 되, 얼음설탕 가루 백 푼을 더해 섞고 도기 술병에 담아 입구를 봉한 뒤 15일 정도 숙성한다. 또는 1, 2년을 놔두면 더욱 좋다.

해를 넘긴 것은 짙은 자줏빛으로 감미롭고 맛은 네덜란드의 친타*와 비슷하다. 세상에서는 이를 귀하게 여기고 칭송한다. 대체로 이 술을 만드는 포도의 종류로는 까마귀머루가 가장 좋다. 즉 산포도다. 보통 흑포도라고 하는 것도 술을 만들기에 좋다.

여기서 말하는 백주란 백미, 쌀로 만든 흰 누룩을 사용한 술로, 최고의 술을 뜻한다고 한다. 나는 안타깝게도 네덜란드 친타의 맛을 모른다. 하지만 내 식대로 만든 스구리 술의 맛은 안다.

요즘은 만든 지 3년이 지나 흐물흐물해진 스구리 열매를 잼 대신 빵에 얹어 먹고 있다. 정말로 섬세한 맛인데 월귤잼이나 오디잼을 능가한다. 씨가 좀 씹히는 것도 한층 깊은 맛을 더한다고 해야 할까. 달면서도 짭짤한 독특한 맛에서는 왕의 풍격(風格)이 느껴진다. 이것이 "허리와 신장을 따뜻하게 하고, 폐와 위를 윤택하게" 한다면 참으로 훌륭한 약이지 않은가.

* 포도주를 일본에서 '친타슈(珍陀酒)'라 불렀는데, 친타는 '붉다'는 뜻의 포르투갈어 틴토(tinto)의 일본식 발음이다.

풀명자 이야기를 할 차례인데, 가장 좋은 소주를 사와서 유리병에 풀명자를 넣고 그해의 풀명자 양에 맞추어 열매가 겨우 잠길 만큼만 소주를 부은 다음, 얼음설탕을 한 움큼 넣고 밀봉한다. 한 달 정도 지나면 액체의 양이 불어나는데 위쪽의 맑은 액체는 황금빛을 띤다. 위쪽의 맑은 액체를 포도주잔에 따라서 손님에게 내는데, 그 향기가 호시나 선생에게 전수받은 맛에 버금간다. 단맛이 정말 천하일품으로 참으로 과실다운 맛이 오래도록 혀에 남아 콧속까지 타고 올라온다.

개다래도 소주로 담그는데 어찌 된 영문인지 색이 조금 엷고 풀명자에 비해 단맛이 적은 대신 독특한 쓴맛이 나며 섬세하다. 손님 중에는 이것을 정력제라고 생각하고 몇 잔이나 달라는 사람도 있다. 그런 손님에게는 고양이 이야기를 한다. 개다래는 고양이가 좋아하는 것이어서 많이 마시면 고양이가 된다는 이야기인데, 호랑이가 된 사람은 있지만* 고양이가 된 사람은 아직 보지 못했다. 그런데 풀명자와 개다래 술에 관한 글은 『본조식감』에도 실려 있지 않지만 다음과 같은 이야기가 실린 책이 있다.

    요즘 집집마다 약재나 나무 과실 등으로 술을 만들어 늘 귀중히 여기며 이를 즐기고 있다. 소주로 담그거나 묵은 술로 담그기도 한다. 그러나 가령 그 약재나 과실이 병에 효과가 있더라도 매일 차츰 스며들면 술의 열독(熱毒)이 위장에 머물며 자신도 모르게 쌓여 해를 끼칠 수 있다는 것은 짐작해 볼 필요도 없다. 하물며 히사쓰 지역의 아와모리·아라키·히노사케**는 신열***과 향렬****이 합쳐져 있고, 네덜란드의 포도·친타는 외국의 부정(不淨)한 물건으로서 피하고 쫓아내야 할 사악하고 맹렬한 지독함을 가졌으니 어떻게 사람의 건강을 유지하는 성질이 있다고 할 것인가. 전부 일시적

---

  *   일본에서는 술에 취해서 무서운 것을 모르게 된다, 혹은 만취했다는 의미로 '호랑이가 되다'라는 관용구를 사용한다.

  **   셋 모두 알코올 함량이 높은 술이다.

  *** 辛熱, 맛이 맵고 성질이 뜨거움.

  **** 香烈, 맛이 매우 향기롭고 매움.

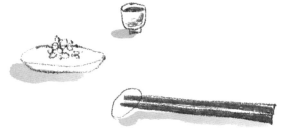

으로 양기를 회복시키지만 사람을 미혹하는 것에 지나지 않는다. 옛날부터 밤에 술을 마시는 것을 경계했다. 단, 노인이나 과부 그리고 우울이라는 손님으로 밤에 잠을 못 이루는 경우에는 한두 잔 마시면 졸음이 몰려와 편해진다. 이 외에는 호방하거나 음란한 사람이 매일 밤 주연을 베풀고 새벽녘에 이르러서는 술에 빠져 절도를 잃을 뿐이다.

이 책은 에도 시대(1603~1868)의 전의*가 쓴 것이므로 네덜란드의 친타도 너무 많이 마시면 부정한 물건이 된다고 이야기하고 있다. 개다래도 예외가 아니다.

그런데 여기서 개다래 술이나 스구리 술을 만들면서 두 가지 생각이 떠오른다. 첫 번째는 사루자케**에 대해 내 멋대로 해 보는 공상이다. 어릴 적 와카사에 있을

---

*   典医, 궁중의 의술을 담당하던 기관인 전약료(典藥寮)에 소속된 의사. 또는 에도 막부의 쇼군 집안이나 대영주인 다이묘를 담당하던 의사.
**   猿酒, 원숭이가 나무 구멍에 저장해 놓은 열매 등이 자연적으로 발효해 만들어지는 술.

때 어느 노인의 이야기로는 가을이 되어 산에 열매가 날 무렵이면 원숭이가 열매를 따서 다른 짐승이 다가가지 못하도록 큰 나무 위쪽의 가지 사이나 꺾인 가지에 생긴 구멍 등에 저장해 두고 술을 만든다고 했다. 간교한 이 영장류는 개다래, 모밀잣밤나무 열매, 밤을 따서 각기 다른 장소에 따로 보관하고 비가 오기를 기다린다고 한다. 과실은 구멍에 고인 빗물을 머금어 햇빛이 비치면 자연적으로 뜨거워질 정도가 되고 밤에는 다시 식는다.

원숭이는 이 사실을 잘 알고 있어서 구멍에 넣어 둔 열매를 잠기게 한 빗물이 서서히 발효할 무렵에 친구를 불러서 술잔치를 연다고 하는 이야기였다.

나는 이 이야기를 해 준 노인의 얼굴을 아직 기억하고 있는데, 원숭이라는 놈이 똑똑한 녀석이라고 생각할 때마다 이 일을 떠올리며 미소를 짓는다. 와카사의 깊은 산에도 때로 원숭이가 있었는데 떼를 지어 노래라도 하는 것처럼 시끄럽게 떠드는 모습을 보면 과실주에 취해 있는 거라고 생각했다.

이야기를 한 김에 옆길로 새자면 괴테가 지은 『여우 라이네케』는 소년 시절에 이노우에 쓰토무가 번역한 『여우의 재판(狐の裁判)』으로 친숙한 명저였는데, 나쁜 여우 라이네케가 늑대인가 원숭이인가에 감쪽같이 속아 정성을 다해 만든 천연의 술을 마셔 버리는 대목이 있었다. 괴테가 그 술이 빗물을 받아 발효시킨 것인지 쓰지는 않았으나 그런 책을 읽을 때 짐승들도 각자 머리를 짜내 과실주를 만들어 마신다는 데 흥미를 느꼈었다.

또 하나는 산꼭대기 등지에 거목이 꺾여서 끝부분이 평평해진 곳에 앉아 있는 솔개를 볼 때면 하는 공상이 있다. 솔개는 그 나무 꼭대기에 양발을 올리고서 사방을 노려보는데, 발밑에는 분명 구멍이 있고 그 구멍에는 쥐나 뱀, 참새 등의 시체가 쌓여 있을 거라는 상상을 했다. 물론 이는 원숭이가 나무 위에서 만드는 술 이야기에서 떠올린 생각이다. 솔개가 거기에 모아 둔 먹이에 빗물이 고이면 무슨 술이 될까.

이는 내가 『기러기 절』에도 썼고, 『분나야, 나무에서

내려와(ブンナよ、木からおりてこい)』에도 쓴 이야기다. 산에 들어가 오래된 거목의 가지가 꺾인 곳이나 뜯겨서 끝이 둥글게 마모된 옹이구멍을 보면 그곳은 분명 짐승들이 술이나 먹이를 저장하는 창고라는 생각이 떠나지 않는다.

아침부터 가루이자와의 산을 걸어서 동네 사람들보다 먼저 열매가 달린 나무를 찾으려고 벌게진 내 눈이 솔개처럼 반들대는 건 슬픈 일이지만 좋아하는 과실주를 만들 수 있는 열매와 만나면 그 반들대는 눈도 누그러진다. 내 눈을 내가 본 적은 없으니 분명히 그렇다고 말할 수는 없지만 말이다. 다카노 기치타로의 『과일 풍토기(くだもの風土記)』에 다음과 같은 글이 있다.

문명의 병을 치유하는, 과거로 회귀하게 해 주는 약으로 요즘은 과실주 만들기가 유행하고 있다. 문명의 은혜를 입지 않고 자연에서 숨 쉬던 옛사람은 풀과 나무에서 나는 열매를 '과(菓)'*라고 하고 초목의 열매를 즐기며 얻는 이익을 '약(藥)'이라고 하여 '과일 같은 약'으로 '과실주'를 만들었다. 따라서 과실주는 생업으로 삼기보다 집안 대대로 비밀리에 제조법이 전해져 왔다.

옛날부터 비법을 누구에게도 밝히지 않고 구전으로 자자손손 전했다면 처음 과실주를 만든 사람은 솔개나 원숭이를 따라 했음이 분명하다. 나의 엉뚱한 공상에 고개를 돌려 버린 독자 여러분은 어떻게 생각할까. 인간도 원숭이였던 시대가 있었다. 과일을 즐겨 약으로 쓰고 간식으로 삼아 온 연원을 거슬러 올라가면 자연적으로 만들어진 술이 나올 것임은 부정할 수 없다. 나뭇가지 사이가 오늘날 유리병이나 도자기 항아리로 바뀐 것에 지나지 않는다. 누가 저 나무 꼭대기 위의 솔개를 비웃을 수 있단 말인가.

산에서 나는 과실 이야기가 나도 모르게 너무 길어져서 우리 집 채소에 관해 쓸 지면이 줄어들었다.

    *   보통 '과자'를 의미하지만 '과일'의 뜻도 있다.

밭으로 나가 보면 옛사람이 며느리에게 먹이지 말라고 충고했던 늦가을 가지*가 저녁 햇빛을 받으며 크게 열려 있다. 또 그 옆에는 여름 내내 식탁을 즐겁게 해 주었던 고추의 끝물 열매가 열려 가지를 휘게 만들고 있다. 땅바닥을 기는 오이 덩굴을 잘 살펴보면 큰 오이가 누렇게 되어 시든 잎에 가려져 바닥에 잘 자리 잡고 있다. 나는 우선 고추를 뿌리째 뽑고 나중에 무를 파종할 수 있도록 수확한다. 그렇게 해서 열매와 잎을 다 따서 잘 씻은 다음 여기에다 간장과 설탕에 미림을 넣어 오래도록 조린다.

가루이자와의 고추는(산지가 어디든 품종이 다른 것 같지는 않지만) 신기하게도 시장에 나오는 피망만 한 크기로서 열매가 늘어지지 않고 하늘을 향해 열린다. 와카사에 있을 때 끝이 뾰족하고 매운 고추를 '덴무키 고

* 며느리가 미워서 씨가 적고 맛있는 늦가을 가지를 주지 않는다거나 씨가 적은 그것을 며느리가 먹으면 자손을 못 볼지도 모른다는 의미의 일본 속담이 있다.

추'**라고 불렀는데 가루이자와에서는 끝이 뾰족하지 않고 둥근 고추도 하늘을 향해 자란다. 이 고추는 적당히 맵고 잎을 조리면 정말 맛있다. 따끈한 밥 위에 얹기만 해도 세 그릇은 먹을 수 있다. 손님도 젓가락을 놀리며 술안주로 즐긴다.

이 고추에 더해 잎을 먹는 푸성귀도 남는다면 함께 채소 튀김으로 만들어 야생의 맛을 즐기는 것도 좋다. 그 외에 가지, 푸른 차조기, 고구마, 연근, 뭐든지 넣어 바싹하게 튀겨 상에 낸다. 신선한 흙에 있던 때의 풍미가 튀김옷에 가두어져 혀에 닿으면 각각의 재료가 위장으로 향하면서 노래를 부르기 시작한다. 채소 튀김이란, 다시 말해 튀김옷을 입혀 똑같아 보이기는 하지만 사실은 채소들의 교향곡이 아닐까.

지지난달이었던가. 내가 이곳 가루이자와의 슈퍼마켓에서 발견한, 이 부근에서는 '가루이자와 나물'이라

** てんむき唐辛子, 덴무키는 하늘, 다시 말해 '위를 향해 자라는 고추'라는 뜻이다.

고 불리는 교토의 '번행초'와 닮은 나물 무침에 관해 쓴 것을 보고 오이와케에 사는 어느 독자가 슈퍼마켓에서는 '가루이자와 나물'이라고 써 놓았겠지만 진짜 이름은 '번행초'이다, 당신 같은 유명한 사람이 너무하다 싶게 가루이자와를 편애하냐며 질책했다.

하지만 나는 딱히 가루이자와를 편애하는 것이 아니다. 어디에 살든 간에 행운유수(行雲流水)를 좋아하고 형편에 따라 지금은 여기에 있는 것뿐이다. 우연히 살고 있는 곳이 이곳이기에 이 근처 산과 들에서 나는 것들에 익숙해지려고 노력하고 있을 따름이다. 로마에 가면 로마법을 따르라.

교토에서 여러 가지 채소를 내게 보내오면 기쁘지만 짐을 풀 때 그 타향의 채소 하나하나가 떨고 있는 듯한 느낌이 들 때가 있다. 다시 말해 여기는 추운 지역이라서 우아한 교토의 채소는 어울리지 않는다. 가루이자와에는 자연스럽고 소박한 가루이자와만의 정취가 넘치는 나물과 과일이 있고 이것들이 이 지역의 진미다. 여기에 산다면 이 지역의 진미에 따를 수밖에 없다. 그래서 슈퍼의 이름표에 '가루이자와 나물'이라고 적혀 있었던 걸 그대로 빌려 썼는데, 학문적인 호칭을 몰라서 창피를 당했다.

이 세상에 똑같은 채소는 어디에도 없다. 우리는 표본을 보여 주는 책을 통해 여러 명칭으로 구별되는 채소를 알고 있지만, 실은 같은 이름의 채소라도 먹어 보면 지방마다 모습도 맛도 전혀 다르다는 사실에 놀라는 것이 상식이다. 그렇다면 이 지역에서 부르는 대로 채소 이름을 부르는 것은 잘못된 일이 아니니 모처럼의 충고를 거스르게 됐다.

나는 매년 무슨, 무슨 무라고 씨앗 봉투에 쓰여 있는 종자를 밭에 몇 가지 심어 보는데, 우리 밭에서는 봉투에 인쇄된 명칭이나 사진 그대로 생기거나 설명대로 맛이 나는 무로 자라는 경우를 본 적이 없다.

신기하게도 흙이 우리 밭에 맞게 식물의 성질을 바꾸어 자애롭게 기른다. 희한한 무가 나오면 나는 그것을 맛있게 먹고 사람들에게도 '가루이자와 무'라고 말한다.

다시 말하지만 이 세상에 산과 들이 낳는 것 중에 동일하거나 보편적인 먹거리는 절대 없다. 쌀만 해도 고시히카리쌀, 와카사쌀 등이 있지 않은가. 잘 보면 각 지역의 얼굴과 맛을 가지고 식탁에 오른다. 교토(京都)에서 나서 교토나물(京菜)* 그리고 노자와(野沢)에서 나서 노자와나물(野沢菜)이라고 하는데 가루이자와에서는 그 노자와나물과 닮은 나물조차 나지 않는다. 신기한 일이다. 채소 튀김을 채소의 교향곡이라고 말하는 것은 그러한 개성을 먹는다는 의미를 포함한다.

---

* 미즈나 나물의 별명이기도 하다.

십일월, 밤과 차의 선율

　이달도 아직 산에 열매가 나는 계절이다. 밤, 모밀잣밤나무 열매, 풀명자, 개다래, 스구리. 우리 집 주변의 잡목림에 가면 이 야생 열매들이 조용히 나를 기다리고 있다. 밤은 우리 집 정원에서 많을 때는 두 말 다섯 되를 수확한 해도 있었다. 내가 겨우 안을 만큼 굵은 나무가 다섯 그루다. 옛날에는 이 주변을 밤나무 산이라고 했다는데, 밤나무 숲에 집을 지어서인지 밤만큼은 정원에 나가서 5분만 주워도 작은 바구니가 가득 찬다.

　매년 나는 집에 오는 손님에게 밤을 줍게 해서 즐기

고 있다. 손님은 내가 아침 일찍 걸어서 한 바퀴 돌고 온 뒤인데도 불구하고 양손 가득히 주운 밤을 좋아라 신나서 이로리* 주변에 올려놓는다.

나는 그것들을 화롯불로 굽는다. 뭐니 뭐니 해도 밤은 숯불 옆의 재 속에서 굽는 게 최고다. 미리 껍질의 일부분을 이로 깨물어서 조금 뜯어 놓으면 원숭이에게 화상을 입힌 것처럼 튀지 않는다.**

속껍질까지 탈 정도로 구웠다면 밤을 화롯가 주위의 돌 위에 늘어놓고 손으로 문질러 비빈다. 타버린 겉껍질과 속껍질이 쏙 벗겨지면 노란 알맹이가 김을 뿜고 있다. 이것을 혀로 굴린다.

군고구마 가게 간판에 '구리반(九里半)'이라고 쓰여 있는 걸 봤는데 같은 밤이라도 우리 집 화롯가에서 먹

---

*   농가 등에서 마룻바닥을 사각형으로 파 불을 피울 수 있도록 한 화로.

**   일본 전래동화 「원숭이와 게의 싸움」 내용 중 게를 죽인 원숭이에게 복수하기 위해 화로에 숨었던 밤이 원숭이가 집에 들어오자 화로에서 튀어나오며 화상을 입힌다는 대목을 말한다.

는 것은 십 리(十里)의 맛이라고 해 둔다.*** 알맹이까지 약간 갈색으로 타면 그것은 그것대로 향이 더 좋아진다.

작년에는 밤이 풍년이어서 정원에 열매가 산처럼 쌓였다. 갈퀴로 긁어 수확했는데 오랜만에 '황밤'을 만들었다. 잘 삶아서 부드러워진 밤을 소쿠리에 올려두고 실을 꿴 면직물용 바늘로 염주처럼 엮는다. 이것을 처마에서 말린다. 겨울이 되어 조금씩 꺼내 쪼개어 먹는 즐거움이 있다. 빠각거려 이가 아플 정도로 딱딱하지만 혀로 오래도록 굴리고 있으면 무어라 말할 수 없는 단맛이 생겨나는데, 정말이지 군밤에 버금가는 훌륭한 맛이라 해야 할 것 같다.

물론 밤이 제철이니 '밤밥'도 짓는다. 내 밤밥은 속껍질을 조금 남겨서 짓는 게 요령이다. 내 아내나 다른 이

*** 밤(구리)과 맛이 비슷하지만 맛이 약간 떨어진다고 군고구마를 '하치리한(八里半)', 즉 8리 반이라고 칭한다. 맛있다는 의미에서 '8리 반'이 아니라 '9리 반'이라고 언어 유희를 한 간판 이야기를 하면서 작가는 자기 집 화롯가에서 먹는 밤은 9리가 아니라 10리라고 할 만큼 맛있다는 의미로 쓰고 있다.

들은 밤 속껍질을 깨끗이 벗긴 것이 좋다고 생각해서 마치 옷을 벗기는 것처럼 칼로 두껍게 깎는데 무슨 영문인지 나는 껍질을 훌렁 벗기는 게 싫다. 감 같은 걸 깎듯이 열매껍질을 두껍게 깎아내면 모처럼 얻은 열매의 부피가 반쯤 줄어든다. 쩨쩨해 보일지도 모르지만 칼을 잘 간 다음 몸 쪽으로 긁어모으듯이 깎아 속껍질을 좀 남긴다. 이것을 물에 잘 담갔다가 밥에 넣는다.

제대로 된 방식이 아닐지도 모르지만 속껍질을 조금 남기는 게 맛을 좋게 만든다. 밥이 다 되었을 때 약간 색이 나는 것도 좋다. 그리하여 속껍질이 밥 전체에 산의 향취를 퍼뜨려 형언할 수 없을 만큼 좋다. 정진의 본질은 계절을 먹는 데 있기에 햇밤을 이런 식으로 깎아 넣어 밥을 짓는 것이 이치에 맞는 것 같은데, 독자들은 이런 나의 생각을 비웃을까.

대체로 나는 무든 토란이든 껍질을 벗길 때 반드시 주지 스님의 가르침을 떠올린다.

"껍질을 두껍게 깎지 마라. 가장 맛있는 부분을 버리는 거나 다름없으니."

일설에 따르면 소고기 중에서도 움직임이 많은, 엉덩이와 가까운 넓적다리 부위에서 가죽에 붙어 있는 살이 가장 맛있다고 한다. 소고기가 좋은 예가 아니라면 사과도 있다. 껍질 바로 밑에 있는 과육은 오독거리며 치아에 스미는 야생의 맛이 있다. 그래서 토란 같은 것은 수세미로 잘 문지르기만 하는데, 껍질 벗기기가 즐거워서 거의 칼을 쓰지 않는다. 밤 속껍질은 토란 껍질과 달라서 떫은맛이 있기 때문에 궁상맞아 보이는 내 행동을 비웃는 사람도 있겠지만, 떫은맛이 좀 남아 있어도 단맛이 나게 바꾸면 된다. 신기한 일이다. 밥의 은은한 온기에 녹은 떫은맛은 맛있다.

때로 규슈 미야자키에서 미야나가 마유미 씨가 왕밤을 보내온다. 남쪽은 밤의 제철도 이르게 오는 모양인지 밤이 늘 구월 초순에 도착한다. 조금 늦게 단바 지방의 절에서도 짐이 도착한다. 어느 밤이든 가루이자와의 밤보다 크고 겉껍질은 아름다운 갈색이며 달기도 하지만, 어찌 된 일인지 알이 작은 이 주변의 야생 밤에는 맛이 뒤져 조금 싱겁다는 느낌이 든다. 그런 왕밤은 손님의 표정을 살피다가 미리 만들어 냉장고에 넣어 둔 단 팥조림을 작은 냄비에 넣고 끓이면서 대여섯 개 넣어 단팥죽을 만든다. 이때는 일부러 신경 써서 속껍질을 깨끗이 벗긴다.

밤을 밥에 넣을 때와 달리 팥에 넣으면 약간 떫은맛이 생긴다. 왜 그런지는 모르겠다. 밥과 팥에게 물어볼 수밖에 없는데 그들의 대화를 들을 귀가 없는 게 불행이다. 아마도 밥은 떫은맛을 달갑게 받아들이고 팥은 꺼리는 모양이다. 살아 있는 것에는 성격이라는 게 있어서 인간 남녀와 마찬가지로 성격이 맞지 않으면 속껍질을 벗기지 않은 채 서로 으르렁거리며 산다. 부부 사이도 그런 경우를 자주 볼 수 있지 않은가.

황밤 덕분에 생각나는 일이 있다. 선종 사원에 있던 시절 정월의 추억이다. 누가 가져오는지 절에는 황밤이 떨어지는 날이 없었다. 정원에 밤나무가 있었던 것도 아니니 종파가 같은 어느 절에서 매년 철이 되면 보내왔을 것이다. 나는 그때 아직 어렸으므로 주지 스님이 어디에서 황밤을 마련해 오는지 모른 채 그저 받아서 꼭꼭 씹어 먹었다.

설날 아침 동자승들은 5시에 일어난다. 본당에 나와 단벌 백의(白衣) 위에 옷을 걸치고 근행(勤行)을 마친다. 교토의 겨울은 춥다. 복도도, 다다미 위도 얼음처럼 차갑다. 맨발로 서 있으면 발가락의 감각이 없어질 만큼 주위로 바람이 세차게 분다. 콧물을 훌쩍거리며 독경을 마치고 서원에 가면 붉은 양탄자가 깔린 8첩 방이 기다리고 있다. 정원이 보인다. 연못 옆의 백량금 열매가 붉게 빛날 뿐 아직 동이 트지 않은 바깥은 밤처럼 어둡지만, 그 뜰의 얼음 같은 경치를 바라보며 사형들이 순서대로 앉아 있다. 당번을 맡은 동자승이 큰 찻잔에 담긴 다시마차를 상좌의 장로님 앞에 따르고 나면 제자들에게도 차가 나누어진다. 이어서 반으로 자른 얇고 흰 반지(半紙) 위에 반으로 쪼갠 황밤을, 손끝으로 집을 정도로 작은 그 열매 조각을 다들 받는다.

"새해 복 많이 받으십시오." 사형이 먼저 인사를 올리면 일동은 양탄자에 손을 모으고 장로님을 향해 "새해 복 많이 받으십시오. 올해도 잘 부탁드립니다" 하며 고개를 조아리고 각자 앞에 놓인 황밤을 입에 넣는다. 조그만 조각이니 입에 넣고 어금니로 오도독오도독 씹는다. 배도 고프기 때문에 으깨질 대로 으깨진 밤을 언제까지고 입에 넣고 있을 수만은 없다. 하지만 금방 먹어 버리기엔 아까운 단맛이 혀에 감돈다. 그 맛을 꽤 오래 맛보며 뜨거운 다시마차를 한 모금 마신다. 아직 밤을 입에 남겨 두고 다시 다시마차를 한 모금 마신다. 그러는 동안에 황밤 조각은 혀 위에서 크게 자리를 차지할 정도로 부푼다. 다시마차가 따뜻하게 데워 주었기 때문이다. 이때의 밤 맛과 차 맛이 얼어붙은 배에 얼마나 사무쳤던가. 그렇게 맛있는 밤과 차의 선율을 나는 알지 못한다.

어린아이 때의 일이지만 황밤을 보면 수행하던 때 맞았던 설날 이른 아침의 한기가 떠오르고 혀로 데워 부풀게 했던 그 맛이 되살아난다.

내가 가루이자와에서 약간의 밤도 아까워하며 염주처럼 꿰어 난로 위에 매달아 두는 것도 그 추억이 겹치기 때문이다. 그런데 편집자나 여성 손님 중에 난로

위에 있는 걸 발견하면 이렇게 생각 없이 묻는 사람도
있다.

"이게 뭐예요?"

"황밤이에요."

"희한하게 생겼네요. 하나 먹어봐도 돼요?"

"네."

내가 염주처럼 꿴 밤에서 하나 빼내 감시의 눈을 빛
내며 황밤을 입에 넣는 손님의 얼굴을 보고 있자면, 어
김없이 "아, 딱딱해" 하며 뱉어 버리려 한다. 아까운 일
이다. 황밤 먹는 법을 모르는 것이다. 볼에 머금고 있다
가 혀 위에 놔두면 얼음설탕처럼 달아진다는 걸 모른
다. 그래서 가르쳐 주려 하다가 그만둔다. 그 맛을 알면
황밤 염주가 눈 깜박할 사이에 없어질 것이다. 맛있는
것은 몰래 혼자 독차지하는 게 좋다고 이제껏 써 왔다.
그런데 황밤 하나만 해도 이가 아프도록 힘들게 먹는
법과 달게 녹여 먹는 방법 두 가지가 있다. 그러니 이 길
은 끊임없이 탐구할 수밖에 없다.

밤이 열릴 무렵 조금 늦게 신슈에서는 호두가 여문

다. 가루이자와에는 많지 않지만 고모로에서 도부마치 쪽으로 차를 달리다 보면 국도를 따라 호두나무 숲이 있는데 많을 때는 가지가 휘어질 만큼 열매가 주렁주렁 열려 있다. 이것을 매년 사들이는데 목적은 정원에 오는 다람쥐 부부와 나를 위해서다. 그냥 호두 까는 도구로 알맹이를 꺼내 먹을 때도 있지만 때로는 된장으로 무쳐서 즐긴다. 특별한 비법이 있는 것도 아니고 백된장과 신슈된장을 섞어서 산초 새순을 잘게 찧어 넣고 양념절구로 잘 이긴다. 미림, 설탕을 조금 넣고 손가락으로 찍어 가며 맛을 계속 보다가 원하는 맛이 나면 호두를 잘게 부숴서 섞기만 하면 된다. 이게 꽤 맛이 좋아서 브랜디 안주로도 괜찮고 일본술에 곁들여도 좋다. 술을 좋아하지 않는 여성이라면 뜨거운 밥에 섞어 먹어 보라고 한다. 그러면 누구나 두 그릇씩 먹는다.

한편, 십일월의 밭은 어떨까. 풋고추와 고춧잎 조림을 하고 난 밭에는 이제 무 정도밖에 안 남았는데, 여느 때처럼 가루이자와의 무는 가늘고 짧다. 하지만 야생의 맛이 강해서 이것을 국화 꽃잎과 함께 초무침을 해 보기도 한다. 무는 되도록 가늘게 채 썰고 뜯어 놓은 국화 꽃잎과 함께 가볍게 데쳐 둔다. 양념절구에 해도 상관없으니 소금을 뿌리고 숨이 죽을 때까지 계속 문질러 비빈다. 여기에 초간장을 뿌려 작은 접시에 담는다. 신선한 무와 노란 국화 꽃잎의 단맛과 쌉쌀한 맛이 서로 다투며 기분 좋게 혀에서 녹는다. 이것도 계절을 먹는 것이겠지. 자, 이제 겨울이 가까웠으니 이쯤 해서 재료가 부족한 산중에서 생활하며 궁리한 요리 한두 가지를 선보이려 한다.

산초 가루를 뿌린 곤약구이

끓어오른 물에 곤약을 잘 삶은 다음, 체 같은 것으로 건져서 식을 때까지 놔둔다. 식으면 취향에 맞는 모양(길쭉한 직사각형이 좋다)으로 얇게 하나씩 떼어내듯이 썬다. 간장과 술을 섞은 양념장에 미림과 설탕을 함께 넣어 잘 끓인다. 식힌 곤약을 중불 정도에서 굽다가 이 양념장에 담그기를 반복한다. 이렇게 서너 번 반복해서 양념장이 잘 스며들며 구워졌을 때 산초 가루를 앞뒤로 뿌리거나 골고루 묻혀서 작은 접시에 담아낸다.

손님이 고개를 갸웃한다. 곤약답지 않은 맛이 나기 때문이다. 가루이자와에서 가까운 시모니타는 일본에서 나는 곤약의 90퍼센트를 생산하는 곳으로 산에 있는 넓은 밭이 온통 구약나물 천지이다. 이곳의 특산물로 '산고래'라는 음식이 있는데, 곤약을 고래 고기에 빗대어 회처럼 먹는 음식이다. 나도 찾아가서 그 음식을 먹었는데 곤약회가 좀 싱거워서 양념장에 잘 담가 구워봤더니 싱거운 것이 사라졌다. 즉 곤약 '데리야키'라고 해야 할까.

무 데리야키

무를 밭에서 뽑아 와 껍질을 잘 벗긴다. 굵은 것은 세로로 반 정도 가르고 2센티미터 정도 두께로 썰어서 찜기에서 잘 익힌다. 앞에서 이야기한, 간장과 미림 등으로 만든 양념장을 따로 잘 끓여 두었다가 뜨거운 무를 담가서 맛이 잘 배었을 때 꼬치에 꽂아 중불로 굽는다. 앞뒤로 잘 구우면 간장이 타며 좋은 냄새가 나기 시작한다. 이것이 미즈카미식 무 '데리야키'다. 한번 해 보기 바란다. 모든 건 궁리하기 나름이라는 말이 이해될 것이다. 무도 고래뿐만 아니라 참치를 능가한다.

감자 꼬치구이와 기타 등등

감자는 밭에 있는데 우리 집에서는 가을 중반에 무를 심기 때문에 전부 캐서 골판지 상자에 담아 지하실에 넣어 둔다. 이것을 꺼내서 매일 취향을 달리해 본다.

우선 산적을 만드는 데 필요한 감자를 깨끗이 씻어서 껍질째 삶는다. 젓가락으로 찔러 봐서 속까지 잘 들어가면 잘 익은 것이다. 이것을 꺼내 껍질을 벗기고 소금을 조금 뿌린 다음 밀가루도 넣어서 뻑뻑해질 때까지 치댄다.

단단하게 반죽이 되면 엄지손가락 첫 마디 정도 크기로 떼어 둥글게 뭉쳐서 끓는 물에 넣어 다시 삶는다. 밀가루로 잘 반죽하지 않으면 삶을 때 반죽이 풀어지니 주의한다. 삶은 것을 꺼내 몇 개를 대나무 꼬치에 꽂아 굽는다. 이것도 먼저 만들어 둔 양념장에 담근 다음 굽는다. 양념장에 된장을 넣어도 좋다. 말하자면 감자경단 구이랄까.

그냥 꼬치구이를 해도 맛있다. 감자를 잘 씻어서 끓는 물에 삶아 뜨거울 때 껍질을 벗기고 나무젓가락에 세 개 정도 꽂아 불에 쬐어 굽는다. 따로 참깨, 설탕, 적된장 등을 섞은 뒤 미림을 넣어 진득하게 만들고 이것도 불에 잘 끓여 소스를 만든다. 소스를 솔 같은 것으로 감자에 바른다. 이 감자를 다시 잘 구워서 맛있는 냄새가 날 때를 가늠해서 접시에 담아낸다. 양념장을 적당히 맞추어 달게 만들면 아이들 간식도 될 법한 맛이다. 술꾼들도 무척 좋아한다.

즉, 겨울철에는 지하에 잠자고 있는 감자도 조금만 궁리해 양념장을 만들어 더하거나 활용하면 열화와 같은 성원을 받는 작품으로 변신하므로 해 보는 게 좋다.

토란 꼬치구이

이것도 역시 잠자고 있는 토란 활용법이다. 토란은 미끈거리는 점액이 없어질 때까지 씻어서 다시마 국물로 삶는다. 큰 것과 작은 것을 섞어서 굴려 가며 느긋하게 익히는 게 좋다. 익어서 부드러워지면 작은 것은 세 개 정도, 큰 것은 두 개 정도씩 꼬치에 꽂아 경단으로 만든다. 백된장, 적된장, 미림도 넣어서 중불에서 잘 섞은 양념장을 따로 만들어 두고 토란경단에 솔로 양념장을 잘 발라서 감자경단처럼 불에 쬐어 구워 낸다. 작은 토란은 그냥 통째 삶아도 좋지만 이런 식으로 손이 가면 정성이 돋보여 식탁에 활기가 돈다. 불과 10분이면 다 만든다.

지금까지 골판지 상자에 넣어 둔 감자와 토란이 겨울에 이르러 어떻게 활약하는지 한 가지 예로 이야기했다. 또 추운 날에는 겐친지루 같은 국물요리가 좋을지도 모르지만 일품요리를 부탁받았을 때 위와 같이 만들어 보는 것도 색다르다. 이는 겨울 정진요리의 상식이지만 요즘 가정에서는 간편하게 하는 일이 많아서 감자도 그런 일품요리로 유용하게 쓰이는 영예에서 제외되는 경향이 많다.

산에 있으니 밖에 나가는 게 내키지 않는 날 생각해
낸 요리로서, 전부 어린 시절에 주지 스님이 손님이 오
면 만들어 주던 솜씨를 떠올렸을 뿐이다. 오래된 지난
날의 기억 가운데서 잠자고 있던 요리를 떠올려 입에
넣고 맛을 보는 것도 피부에서부터 그리운 옛 추억을
스며들게 해 마음을 따뜻하게 만든다. 요리 같은 건 남
자가 하는 일이 아니라고 말하는 남자들도 많지만, 나
는 자신의 과거를 가장 쉽게 돌아보고 떠올리고 싶은
사람이 있다면 지난날들에 숨어 있는 먹거리를 재현해
입에 넣는 게 지름길이라고 말해 주고 싶다.

그렇지 않은가. 다 큰 어른이 어째서 축젯날 밤에 큰
북이 울리면 어깨가 들썩거릴까. 어린 시절 부모의 목말
을 타고 신사에 모인 많은 사람을 봤던 기억이 그리워서
다. 노점에서 팔던 달고나, 솜사탕, 일전양식*…… 그 소
스가 구워지던 냄새가 코에 닿으면 눈물이 날 것 같은

---

* 一錢洋食, 물에 갠 밀가루에 대파 등을 얹어 철판에 구워낸
음식. 우스터소스를 발라서 서양식이라고 하고, 한 장에 1전
을 받고 팔아서 일전양식이라는 이름이 붙었다.

사람들이 있다. 남자든 여자든 미각은 그 사람의 삶에 숨어 있는 정신사라고 말하는 이유는 이러한 의미이며, 우리는 그 맛있었던 옛날 맛을 잊고 사는 것에 불과하다. 축젯날 큰북 소리가 이를 일깨웠을 뿐이다. 요리 또한 이러한 예에서 빠질 수 없다.

이런 글을 쓰고 있는 내 서재에서는 밤나무의 우듬지가 보인다. 올해는 어쩐 일인지 밤이 흉작이었다. 작년에는 두 말이나 주워 황밤으로 만들고 오는 이들에게도 많이 나눠줄 수 있었는데 왠지 모르게 쓸쓸하다. 어떤 책에 따르면 밤이든 모밀잣밤나무 열매든 어느 해에 이상할 만큼 열매가 많이 열리면 이듬해에는 열매를 거의 맺지 않는다고 한다. 그래도 스무 그루 정도 되는 밤나무 중에 한두 그루에서는 밤송이를 조금 볼 수 있다. 이는 작년에 영 열매가 열리지 않았던 품종일 것이다. 나무도 사람과 비슷해서 일한 다음에는 자고 싶어질 것이니 올해는 왜 흉작이냐고 따져 물어서는 안 된다. 올해는 잠시 쉬고 내년에 다시 열매를 많이 맺어 달라며 합장할 수밖에 없다.

우리 집 정원뿐만 아니라 다른 집 정원의 밤나무도 전부 열매가 보이지 않는다. 이런 겨울에는 난로 위에 남아 있는 작년의 황밤이 주목 받는다. 나는 흉작 또한 딱히 마음 아파하지 않는다. 정월이 와도 혀로 굴릴 만큼은 저장해 놓았기 때문이다.

아, 산에 있다고는 하나 마음을 나누면 놀랍게도 나무들과 함께 그 희로애락을 즐길 수 있구나. 잎만 달고 있는 밤나무를 올려다보아도 이런 감회가 솟는다.

십이월, 흙도 잠들다

동면에 들어간 겨울 산은 좌우간 쓸쓸하다. 초가을부터 밭과 산에 솟아오른 버섯이나 나무 열매 축제라고 해도 좋을 만큼 다채로운 수확물에 마음을 빼앗겨 먹거리 이야기만 하고 우리 집을 둘러싼 놀라운 경치에 대해서는 그만 이야기하지 못하고 말았다. 나무나 바람의 빛깔까지 어떻게 변해서 붉은 옷을 벗고 겨울에 들어가는지 볕의 세세한 변화를 이야기하면 이 또한 한없이 즐겁고 또한 쓸쓸하다.

요컨대 여름철 내내 마당 구석을 뒤덮고 있던, 촘촘

하게 난 왕밤나무의 잎이 황금빛으로 변하다 십일월 말이 되면 다갈색이 되는데 바람이 불 때마다 떨어져서 온통 마당에 흩날린다. 물론 이와 호응이라도 하는 듯이 단풍나무도 물들고, 목련나무도 물들고, 소나무와 전나무를 제외하고 잡목도 전부 잎이 노랗고 붉게 물든다. 특히 거먕옻나무, 화살나무, 참빗살나무 들의 물감을 뿌린 듯한 진홍색은 독자들께도 보여 주고 싶을 정도다. 하지만 그런 붉은 단풍도 큰 바람이 이삼일 불면 온통 정원에 흩날리고 나무들은 고사목처럼 가지를 하늘로 뻗고만 있는 쓸쓸한 벌거숭이가 된다. 이때면 나무들은 이미 잠에 들었다. 서리가 내리고 아침에 난로를 때는 데도 목덜미가 차갑다. 아사마산 꼭대기에는 벌써 소금을 뿌린 듯 첫눈이 덮였다.

이 나무들 아래에서 나는 온종일 대나무비로 낙엽을 쓸어 모아 어느 정도 쌓아 놓고 쾌청한 날을 골라 낙엽에 불을 붙인다. 여름풀을 베어 구석에 잔뜩 쌓아 둔, 밭에 비료로 쓰려던 마른풀이 눅눅해져 있는데 이것을 낙엽과 함께 섞어서 태우면 불이 타오르지 않고 연기를 피운다. 모닥불은 종일 탁탁 소리를 내며 이따금 확 불꽃이 솟기도 하고 때로 흰 연기만 나기도 한다. 그 속에 은박지로 싼 감자를 넣는다. 간혹가다 고구마도 그렇게 굽는데, 뭐니 뭐니 해도 적당한 크기의 감자를 통째로 잘 씻어서 은박지로 감싸 재 속에 묻어 두는 게 제일 맛있다.

감자를 묻어 둔 게 다시 생각이 날 때쯤 막대기로 휘저어서 은박지를 열고 아무 가지나 꺾어서 찔러본다. 부드럽게 익었으면 다 된 거다. 정원의 크고 평평한 돌 위로 가져가서 소금을 뿌리거나 버터를 발라서 작은 숟가락으로 먹는다. 아, 이런 맛이라니! 기껏해야 감자일 뿐인데 그야말로 섬세한 맛이 혀를 황홀하게 한다.

이 모닥불 구이 때문에 생각난 것 중 하나가 역시 주지 스님이 했던 떫은 감 모닥불 구이가 있다. 떫은 감은 와카사 등지에서는 '다이시로 감'이라고 부르는 끝이 뾰족한 감인데, 홍시가 되어야만 먹을 수 있는 것을 조금 딱딱할 때 전통 종이나 은박지로 싸서 모닥불 속에 묻어 둔다. 적당한 때를 봐서 꺼내면 되는데 역시 아무

나뭇가지 끝으로 찔러봐서 잘 구워진 것 같으면 접시에 올린다. 그렇게 해서 미리 준비해 둔 미숫가루(이것도 교토나 와카사에서 부르는 이름인데 신슈 쪽에서는 보릿가루를 말한다)를 작은 사발에 담고 뜨겁게 구워진 감을 뭉개가며 넣어서 미숫가루와 함께 대나무 젓가락으로 힘껏 젓는다. 이때 설탕을 조금 넣는다. 그렇게 젓고 있으면 놀랍게도 젓가락이 휠 만큼 딱딱한 떡이 된다. 이것을 적당히 둥글게 뭉쳐서 볼이 미어지게 입에 넣는다. 뭐라고 말할 수 없는 감의 단맛이 미숫가루와 섞여 말로 표현하기 힘든 맛이 난다. 일본식 즉석 초콜릿이라고나 할까. 오부세의 라쿠간*이 비슷한 맛이 나기는 하지만 라쿠간의 재료는 밤이라서 감의 단맛에는 미치지 못한다. 떫은 감 구이는 흑설탕을 넣어 반죽한 듯한, 쫀득함이 있는 단맛이라서 어린아이도 좋아하고 물론 어른도 무척 좋아한다. 약간 남아 있는 떫은맛에서 자연의 맛

---

*   쌀, 콩, 밤 등으로 만든 전분질 가루에 조청이나 설탕, 물을 섞어서 틀에 눌러 굳혀서 건조시킨 일본의 전통 과자.

이 느껴진다.

　낙엽을 태운 모닥불로 맛보는 두 가지 즐거움을 이야기했는데, 마른 솔잎을 모아서 불을 피우고 물을 끓여 술을 데운 적도 있다. 정원에 소나무가 스무 그루 남짓한데 가을부터 겨울에 걸쳐 역시 낙엽이 진다. 낙엽을 갈퀴로 긁어 한곳에 모아두고 한가한 해 질 녘에 아사마 돌*을 서너 개 늘어놓아 즉석에서 부뚜막을 만들고 거기에 낙엽으로 불을 피우고 땔나무도 좀 섞어서 태운다. 주전자를 걸고 거기에 술병을 넣고 앞에서 말한 감자를 모닥불 옆에서 데워 가며 한 스푼씩 버터를 발라서 먹고 있으면 저녁 식사가 필요 없을 정도로 술도 잘 넘어가고, 배도 부르고, 시간을 잊을 만큼 겨울날의 쌀쌀한 해 질 녘이 즐겁다.

　꽤 오래전의 일인데 역시 십이월경이었던 것 같다. 미시마시 산로쿠의 류타쿠지(龍澤寺)에 나카가와 소엔 노스님을 뵈러 갔을 때 기차가 도중에 사고를 일으켜

---

*　활화산인 아사마산에서 나는 용암석.

도착하니 저녁 식사 시간이 되었다. 노스님은 찬 바람에 흔들리는 소나무 숲이 있는 정원으로 안내했다. 땅바닥에는 붉은 양탄자가 깔려 있고 옆으로 작은 돌담이 보였는데, 한 행각승이 부근에 떨어진 마른 솔잎을 손으로 긁어모아 불을 피웠다. 거기에 차 마실 때 물 끓이는 솥을 걸어서 뜨거운 말차를 한 잔 대접받은 다음, 노스님이 거처에서 직접 브랜디 잔에 따라온 나폴레옹 술로 나와 함께 건배했다.

그러는 동안 행각승은 솔잎이 타오르는 불에 미역을 가까이 가져가서 굽고 가이시**에 올려 양탄자 위에 놓았다. 손을 뻗어 바삭하고 향기로운 미역을 입에 넣고는 브랜디를 마셨다.

"이제 슬슬 치도록 할까요?"

무슨 말씀인지 모를 노스님의 한마디에 행각승이 뛰어가 이윽고 소나무 숲 맞은편의 종루에서 종을 쳤다.

** 품에 넣어 휴대하는 일본 전통 종이. 오늘날에는 다도나 전통 연회 요리 때 많이 쓴다.

해가 저물 듯 저물지 않는 숲속은 정적에 잠겨 있었는데, 종소리는 실이 되어 귀에 닿는 듯하고, 솔잎이 타는 연기는 이를 더욱 하늘하늘 하늘로 길게 끌어가 하나로 어우러지며 사라지는 것 같았다.

나는 풍류라는 것이 이런 것임을 노스님에게 배운 듯하다. 이때 마신 브랜디의 서양적인 맛에 묘하게 흙냄새가 돌면서 배 속으로 스미던 기억을 잊을 수 없다. 은박지로 싼 감자를 솔잎을 태우는 돌 옆에 두고 술을 데우는 나의 취미는 류타쿠지에서 받았던 감동에서 비롯했는데, 이제 와 고독하게 가루이자와의 잡목에서 이렇게 해 본들 내 마음 깊은 곳에서 종소리가 울릴지언정 주변에서는 들개들만 짖을 뿐이다. 하지만 그래도 괜찮다. 시골에 들어왔으니 시골에서 낙엽 모닥불을 즐기면 된다. 류타쿠지의 종소리가 어디에나 있다면 도리어 흥취가 깨지지 않겠는가.

겨울이 쓸쓸하다고 한 것은 흙도 잠들기 때문이다. 솔직히 밭을 보아도 살아 있는 것은 무, 시금치, 파 정도

이고 여름 같은 축제는 없다. 아침저녁으로 밭두둑에는 서릿발이 선다. 이 주변에서는 서릿발이 크고 높게 서고 추운 아침에는 밭 전체에 곤고산*의 파노라마처럼 흰 얼음 기둥이 나타나며 무도 물론 얼어 있다. 파도 얼어 있다. 모두 잠들어 있다. 잠든 채소를 뒤흔드는 것처럼 땅이 표면을 세게 조인다. 이런 밭에서는 흙을 먹는 나날은 이미 끝났다고 봐야 한다. 십일월 말이 되면 낙엽을 태울 기력도 없어져 나도 고타쓰에 틀어박히거나 난로에 달라붙어서 동면하지만 그래도 밥만큼은 먹어야 한다.

그러면 아침부터 무엇을 먹을까. 대충 이야기하자면 건조식품 상자(양철로 만든 큰 상자)를 열어서 무말랭이, 미역, 다시마, 유바, 소면, 우동, 표고버섯, 박고지 등에 곰팡이가 피지는 않았는지 때때로 살피며 된장국의 건더기로 넣거나 조림에 넣을 것을 찾는다. 더욱이 지

* 오사카에서 눈이 많이 내리기로 유명한 산으로 겨울철이면 아름다운 상고대 풍경을 볼 수 있다.

하실로 가면 무, 토란, 감자, 고구마, 대파, 양파, 우엉, 당근 등이 있다. 이것들만 있으면 변변치 않은 나의 세 끼 식사가 꽤 풍요로워진다. 이들에 질리면 교토나 와카사, 나아가 규슈, 도호쿠 등지로 강연하러 갔을 때 선물로 받아 소중히 아끼며 남겨 둔 해조류 병조림 등을 도쿄에서 가져온 쓰쿠다니와 함께 작은 그릇에 담아낸다. 매실절임이나 예전에 말한 과실주 속에 있는 과실도 낸다. 물론 슈퍼마켓에 가면 온실에서 키운 채소류가 나와 있으니 데친 나물이나 무침을 하기에 충분하다. 밭이 얼어 있어도 어찌저찌 정성을 다하면 저장해 놓은 것들로 지낼 수 있다.

스가다이라 고원이나 다카미네 고원에 있는 스키장이 가까워서 그곳에 스키를 즐기러 온 손님이 종종 들른다. 그럴 때 나는 화롯불을 피우고 큰 냄비를 갈고리에 걸어서 이름 없는 국을 끓여 대접한다.

절에서 종종 만들었던 겐친지루 비슷한 국이지만 냉장고를 열어서 있는 재료를 전부 숭덩숭덩 썰어 넣고 끓이기 때문에 이름을 뭐라고 해야 할지 모르겠다. 그래서 멋대로 '이름 없는 국'이라고 이름 붙였다.

재료는 표고버섯, 곤약(손으로 뜯은 것), 토란(크기를 맞추어 마구썰기), 우엉(둥글게 썰기), 당근(둥글게 썰기, 큰 부분은 반달썰기), 무(십자썰기)를 쓰고 두부가 있으면 손으로 뭉개서 넣는다. 우선 다시마를 채 썰어 냄비에 넣고 두부 외의 재료를 모두 넣어 보글보글 끓인다. 채소가 잘 익으면 소금, 간장으로 간을 하고 물기를 뺀 두부를 꽉 쥐어 뭉개서 넣는다. 이때 토란 등은 미리 데치지 않는다. 점액이 나와도 괜찮다. 생각지도 못했던 자연의 조합이 난무한다. 큰 대접에 국물을 그득히 담은 뜨거운 국을 내면 설산에서 꽁꽁 얼어서 온 손님이 후후 불며 입맛을 다신다.

나아가 술꾼에게는 참마를 구워서 낸다. 이 참마는 수염뿌리가 난 것을 6센티미터 정도 두께로 썰어 숯불에 거리를 두고 굽는다. 난로 위에서 구워도 좋다. 시간이 지나면 잘린 단면이 마르며 금이 가고 푸슛, 하는 소리가 나면서 김이 나온다. 수염뿌리도 갈색으로 구워진다. 이것을 손으로 눌러 봐서 다 익은 것을 접시에 올리고 소금을 한 자밤 얹어 낸다. 이런 식으로 구운 쇠귀나물 덩이줄기 이야기를 한 적이 있는데 그것과 같은 방법이다. 여기에 하룻밤 절인 무가 달큼하게 완성되었다면 그 이상 아무것도 필요하지 않다.

이런 것들이 나의 겨울 정진요리들인데 언젠가 이 '이름 없는 국'에 관해 신문에 썼더니 평판이 좋았던 모양이다. 작년에 산인 지방 어느 마을의 여관 식당에서 냄비 요리를 주문했더니 여주인이 미소를 지으며 "이름 없는 국으로 하시죠" 하고는 큰 국그릇에 담아서 가지고 왔다. 듣자 하니 눈 덮인 산속의 이 여관에서 겨울에 인기가 좋다고 했다. 손님도 무척 좋아한단다. Y라고만 해 두겠다. 오래된 온천 마을이다. 산간 지방의 온천 여관에서도 이름 없는 국이 기지를 발휘해 내놓는 겨울 음식이듯이 가루이자와의 우리 집 부엌에서도 그렇다. 이렇게 쓸쓸한 겨울이 깃든 채로 새해를 맞는다.

교토에서 자란 나는 설 명절 음식도 그리운데, 슈퍼마켓에서 비닐에 담아 나눠 파는 요즘 상품에는 관심이 없다. 달게 조린 검은콩은 싫어하지는 않지만 조림 국물을 끼얹기만 해서는 콩에 국물이 스며들지 않아 맛이 들지 않는다. 그리고 조릴 때도 비린내가 나는 다랑어 국물을 쓰면 정진을 하는 입맛에 맞지 않는다. 그래서 '이름 없는 국'의 재료들을 모두 가져와서 다시마말이*와 같이 굴려 가며 바싹 조린 다음 냉장고에 넣어두고 잘 식혀 먹는다.

설날 준비로 누구나 먹는 떡국에 관해서도 한마디 하자면 나는 도쿄처럼 맑은국에 닭고기를 넣거나 한 다음 구운 떡을 넣지 않는다. 나는 어디까지나 희고 둥근 떡을 쓴다. 다시마 국물에 큰 토란을 넣고 백된장을 풀어 보글보글 끓여서 국물이 걸쭉해지면 흰떡을 집어넣은 후 떡이 부드러워지면 그릇에 담는다. 이것이 내 방식으로 끓인 떡국인데 독자 여러분도 한번 해 보기 바란다. 백된장의 단맛이 흰떡을 깔끔하고 부드럽게 만들어서 그 단맛이 매우 좋다. 이것도 도지인의 설날 떡국 방

---

* 모래무지나 청어 등을 다시마로 말아 익힌 일본의 설 명절 요리.

식대로 한 것인데, 도지인에서는 일반적인 토란이 아니라 둥근 알줄기 여러 개가 하나로 붙어 있는 토란을 넣었다. 그 토란도 좋긴 하지만 백된장을 속까지 스미게 하려면 시간이 걸리기 때문에 나는 보통의 토란이 편하다.

도겐의 『전좌교훈』에는 "한 포기의 풀을 뽑는 일에서도 불도를 실현하고 …… 비록 변변찮은 채소로 국을 끓일 때도 그 일을 싫어하거나 하찮게 여겨서는 안 된다"라는 말이 있는데 이 책이 특별한 이유는 요리를 기껏해야 부엌일이라는 식으로 보지 않고 어떻게 식사를 만들고, 어떻게 마음을 쏟아 더 낫게 만들려 노력할까, 하는 행위가 사람에게 가장 소중한 일임을 강조하고 있기 때문이다.

이에 대해서는 가끔 이야기했는데, 요즘은 소년 시절 절에서 식사를 하기 전에 읊었던 경이 생각난다. 「오관게(五観偈)」라고 한다. 나는 어린아이였으니 뜻도 모르는 채로 그저 사형들을 따라 읽었다.

첫째로는 많든 적든 수고를 살피고, 이 공양이 어디에서 왔는가를 헤아린다[計功多少 量彼来處]

둘째로는 내 덕행이 이 공양을 받기에 부끄럽지 않은지를 생각한다[忖己德行 全缺應供]

셋째로는 마음을 지키고 과오로부터 멀어지는 일은 삼독을 버리는 것이 으뜸이다[防心離過 貪等爲宗]

넷째로는 이 음식을 약으로 받아 육신의 고달픔을 치료한다[正思良藥 爲療形枯]

다섯째로는 도업을 이루고자 이 공양을 받는다[爲成道業 應受此食]

지금 예순이 되어 이 게를 마음 깊이 생각해 본다. 틀렸을지도 모르지만 내 식으로 해석해 본다.

1. 이 음식을 요리한 사람들의 수고를 생각하고 이 음식을 먹을 수 있다는 데 우선 감사해야만 한다. 또한 이 음식이 지금 내 입에 들어가기까지 여러 사람의 신세를 졌고 수고도 끼쳤으니 한 톨의 쌀도 헛되이 해서

는 안 된다.

2. 이런 고마운 음식을 받을 자격이 있는지 늘 돌이켜 보며 마음을 바르게 해야 한다.

3. 수행이란 마음의 더러움을 없애 깨끗이 하는 일이다. 이는 부처님이 말하는 탐(貪, 욕심)·진(瞋, 성냄)·치(癡, 어리석음)라는 삼독(三毒)을 없애는 것을 뜻할 것이다. 이 세 가지 가운데 가장 나쁜 마음이 탐식하는 것이다. 그 욕심을 극복하기 위해 지금 이 식사를 한다.

4. 이 몸을 유지하게 해 주는 좋은 약이라고 생각하고 식사를 한다.

5. 부처님과 같은 깨달음이 열리고 그러한 경지에 이르기 위해서라도 이 음식을 먹는다.

꽤나 불교 냄새가 나는 해석이지만 '부처'와 '수행'은 평범한 나 같은 사람과는 관계없고 '문학'과 '공부'로 이 말들을 바꾸어 보면 실감이 난다. 만약 이 글을 읽고 있는 독자들 가운데 예를 들어 양복 재단하는 것을 생업으로 삼는 사람이 있다면 '부처'를 '미(美)'로, '수행'을 '재단 봉제'로 바꾸어 읽어도 좋다. 무엇이든 괜찮다. 부처는 마흔여덟 가지 모습으로 몸을 바꾸어 우리의 죄가 깊은 이 세상의 생업에 얼굴을 내밀고 있다. 그렇다면 밥을 먹고 반찬을 조리하는 것은 자신의 생업, 즉 '도(道)'를 깊게 하기 위해서라는 사실을 알 수 있다. 매일매일의 식사에 주의를 기울이지 않고 소홀히 하면 그만큼 그날의 '도'에 나태함이 생길 것이다.

특히 이와 비슷한 예라고 하기에는 죄송하지만 시골 목수인 내 아버지가 산에 자주 들어가 벌목꾼을 도왔다고 전에도 쓴 기억이 있다. 아버지가 들어갔던 산과 일터에서 그 나름대로 산나물이나 채소를 구해서 모닥불에 구워 먹던 모습을 떠올린다. 그때 아버지가 식사를 마친 뒤 "으샤! 힘을 내서 다시 톱을 잡아 볼까?" 하고 이어서 할 일에 집중하며 다른 사람이 아닌 자기 자신에게 속삭이며 했던 말을 떠올린다. 가난한 시골 목수가 점심을 먹으며 한 혼잣말이라고 비웃어서는 안 된다. 도겐 선사 또한 『전좌교훈』에서 이렇게 말하고 있다.

한 줄기 풀을 뽑아 부처[丈六身]처럼 쓰고, 부처를 불러 한 줄기 풀처럼 쓴다면, 이야말로 신통(神通)이 변화(變化)에 이르는 것이며, 부처의 교화[佛事]가 살아 있는 사람을 이롭게 하는 것에 미치는 것이다.

어쨌든 나는 열두 달 동안 흙을 먹는 나날을 산장 부엌에서 실천하며 그에 관한 생각을 되는대로 썼는데, '정진요리'의 '정진'이라는 말이 갖는 의미를 열두 달 동안 계속 생각해 왔다고도 할 수 있다. '정진'이 무엇을 말하는지 알기 위해 구체적인 재료와 마주하여 그들에게 말을 걸어 보고 1년이 지나서야 이것이 '정진'이었음을 깨닫고 이제서야 소름이 돋는다. 해 보면 안다는 말은 정말이다. 정진하지 않고서는 '정진'을 알 리 없다. 그것을 깨달았다. 나는 무와 푸성귀에게서 가르침을 받았다.

이 세상의 즐거움이 그야말로 많은 가운데 우선 사계절의 아름다운 풍경을 바라보는 것이야말로 풍아(風

雅)한 도(道)를 즐기는 것이라 할 수 있다. …… 여러 가지 기예나 솜씨를 얻어 위안으로 삼고 즐기는 사람도 있다. 그러나 그 가운데 생각나는 요리를 해서 떠오르는 이들을 부르고 밤새도록 이야기하며 기분을 달래는 즐거움 또한 버릴 수 없다.

에도 시대의 요리책 『가선의 조사(歌仙の組糸)』의 저자 레이게쓰안슈가 말하는 즐거움도 정진 안에 있으며, 나는 "떠오르는 이들을 부르는" 취미는 없지만, 어느덧 『미세스』*의 편집부원들에게 은밀한 즐거움을 드러내고 이렇게까지 속속들이 좋은 일이며 나쁜 일을 모두 쓰고야 말았다. 아아.

---

*   이 책은 잡지 『미세스』에 연재된 글을 모아 엮은 것이다.

풀 한 포기도 달리 보이게 만드는 '정진'의 의미

독서를 하다 보면 으레 그렇듯이 한 권의 책이 다른 책을 만나게 해 주는 경우가 있다. 나는 일본에서뿐만 아니라 한국에서도 폭넓게 인기를 얻었던 음식 만화 『맛의 달인(美味しんぼ)』(가리야 데쓰 글, 하나사키 아키라 그림)의 오랜 독자였다. 푸드 저널리스트 아코 마리(阿古 真理)에 따르면 일본에서는 『맛의 달인』을 통해 식(食)을 배운 젊은 독자가 많았다고 한다. 요리 재료의 좋고 나쁨, 재료의 질이 달라지는 원인, 요리인의 마음가짐과 그를 뒷받침하는 기술, 음식을 먹는 사람이 성장해

온 이력과 음식 취향의 관계 등 음식을 둘러싼 폭넓은 세계와 그 깊이에 눈을 뜨게 된 이들이 적지 않았다는 것이다. 나도 예외는 아니어서 오래전부터 신간이 나오기만을 손꼽아 기다렸고, 갖고 있는 책들을 가끔씩 다시 읽었다. 그런 가운데서 홀연히 만나게 된 책이, 『맛의 달인』에서 유일하게 격찬한 요리책 『흙을 먹는 나날』이다.

『맛의 달인』 33권 후반부에 주인공 야마오카 지로가 근무하는 동서신문사에서 수많은 음식 관련 책 가운데 가장 재밌는 것을 골라내자는 기획을 한다. 지로는 그 기획을 마뜩잖아 하다 많은 요리책이 쌓여 있는 가운데 읽고 감동을 받은 유일한 요리책으로 『흙을 먹는 나날』을 골라낸다. 『맛의 달인』의 작가는 야마오카 지로와 등장인물의 입을 빌려 이 책에 대해 다음과 같이 말한다.

"음식이란 먹는 거지 읽는 게 아니다. 책을 읽는다고 배부른 것도 아니고 무엇보다 다른 사람이 맛있게 먹었다는 얘기를 읽으면 화가 난다. 또 그런 걸 읽는다고 마음이 풍요로워진다고 볼 수도 없다." "『흙을 먹는 나날』

에 비해 다른 책 대부분은 자신들이 맛본 맛있는 음식을 과시하거나 자신의 지식을 자랑하는 속물 근성에 빠진 것들이다. 또는 천박하게 음식의 겉모습만 보고 평가한다는 생각이 든다." "이 책이야말로 지금 읽을 가치가 있는 유일한 음식 관련 책이다."

이 부분이 쓰인 것은 버블 붕괴로 경제 불황이 본격적으로 시작되기 직전, 일본이 경제대국으로 풍요로움을 구가하던 거의 마지막 시기인 1991년이다. 『흙을 먹는 나날』 초판은 1978년에 나왔고, 13년의 세월이 흐른 1991년에도 격찬을 받았으며, 초판이 발행된 지 46년이 된 지금도 일본 인터넷을 검색하면 서평 등을 찾아볼 수 있다. 그만큼 생명력이 긴 책인 것이다. 과연 이런 긴 생명력은 어디에서 생겨났을까.

성공한 소설가인 저자는 예순 즈음이 되어 작업실이 있는 고원 지대 별장지 가루이자와에서 혼자 생활한다. 슈퍼 같은 곳도 아주 가끔 이용하지만 대부분 텃밭과 산에서 수확한 채소나 과실 등을 요리하고 손님을 접대한다. 이 요리의 바탕에 깔린 게 아홉 살부터 십대 후반까지 했던 승려 생활이다. 거의 노년이 되어 누리게 된 안정과는 달리 아홉 살에 시작하게 된 승려 생활은 불교에 어떤 뜻이 있어서가 아니었다. 동네 사람들에게도 가끔 천대받는 가난한 목수의 아들이었던 그는 먹는 입을 줄이기 위해 절로 보내진다. 굶지는 않았으나 그 역시 어린 나이에 주지 스님 부부의 갓난아이를 돌보고 밭에 거름을 져 나르며 절에서도 삶의 '쓴맛'을 일찍 경험한다. 그러나 그는 전쟁과 가난을 겪은 세대답게 그 시절의 괴로움을 그냥 잊어버리려 하거나 다지나간 과거의 일로만 치부하지 않으며, 힘들고 괴로웠던 시간 속에서도 느꼈던 '다채로운 맛'과 그 안에 담긴 '정진'의 의미를 일 년 동안 계절의 변화와 함께 되새기려 한다.

일본의 사찰요리라고도 할 수 있는 정진요리는 절에서 하는 요리이기 때문에 채식으로만 이루어진다. 그러나 거기에 '힘써 나아가다'라는 의미를 갖는 '정진'이라는 말이 붙은 것은 무슨 까닭일까. 다시『맛의 달인』

의 작가의 말을 빌리자면 첫째, 재료가 갖고 있는 진정한 가치를 끌어내는 것이 중요하고, 둘째, 선조들이 만든 요리가 맛있다고 생각되면 그것을 더욱 발전시키려 노력해야 한다. 이것이 '힘써 나아가는' '정진'의 의미다. 작가는 승려 생활에서 "재료의 진정한 가치를 끌어내 하찮아 보이는 풀 한 포기라도 맛있게 먹을 수 있게끔 하는" '정진'의 근본을 배웠다.

실제로 『맛의 달인』에서도 그랬고 일본 독자들이 많이들 인상적으로 꼽는 부분이 하찮아 보이는 '시금치 뿌리'와 관련된 일화다(「이월, 된장을 즐기다」). 중학생이었던 저자는 아무 생각 없이 시금치를 손질하면서 뿌리를 잘라내 버린다. 노스님은 저자를 야단치지 않고 뿌리를 하나하나 주워 건네며 "나물에다 넣어라" 할 뿐이다. 저자는 시금치의 파란 잎사귀 위에 꽃처럼 얹힌 빨간 뿌리의 아름다움과 나물과 어울린 단맛을 그제야 깨닫는다.

뒤이어 도겐 선사의 『전좌교훈』 가운데 한 대목이 이어진다. "모든 음식을 조리하고 준비할 때 평범한 사람의 눈으로 보아서는 안 된다. 평범한 사람의 마음으로 생각해서도 안 된다. 한 포기의 풀을 뽑는 일에서도 불도(佛道)를 실현하고, 작은 티끌 같은 곳에 들어가서도 위대한 불법[大法輪]을 설파하도록 한다. 비록 변변찮은 채소로 국을 끓일 때도 그 일을 싫어하거나 하찮게 여겨서는 안 된다. 우유가 들어가는 고급 요리를 만들 때도 크게 기뻐해서는 안 된다. 집착하는 마음이 사라진다면 싫어하는 마음이 생기겠는가. 그래야 하찮은 것이라도 결코 소홀히 하지 않고, 훌륭한 것을 만나도 더 정진하는 법이다. 결코 물건에 따라 마음이 변하거나, 사람에 따라 말을 바꾸어는 안 된다. 이는 수행하는 사람이 할 행동이 아니다."

저자는 시금치 뿌리를 잘라내 버리던 시절에는 읽지 않았던 『전좌교훈』의 이런 정신을 바탕으로 삼아 일 년 열두 달 자연의 변화와 더불어 살아간다. 계절마다 나는 재료는 한국에도 많이 친숙하다. 무나 가지 등의 평범한 채소 반찬, 두릅이나 죽순, 송이 등 제철에만 나는 채소, 각종 두부, 밤, 과실주, 감자와 고구마 구이 등이 계절의 변화에 따라 저자가 '제철 음식'으로 만들어 먹는 것들이다. 대체로 저자만의 제철 재료 요리법을 이야기하는 가운데 저자가 깨달은 정진의 의미, 음식과 사람에 얽힌 일화와 추억 등이 자연스럽게 어우러지면서 읽는 즐거움을 선사한다.

이 책이 불교의 정진에 관한 이론을 길게 늘어놓고 거기에 요리를 끼워 맞춰 평가하려는 설교조로 쓰였다든가 자신의 깨달음을 강조하려는 허세, 옛날이 좋았다는 노년의 향수 등을 대강 기워 놓았다면 시대의 흐름에 밀려 지금까지 읽히지 않았을 것이다. 이 책의 생명력은 도시에서 나고 자라 결국 도시에서 죽는 현대인들에게 '자연과 벗하는 삶'에 대한 동경과 욕망을 불러일으키는 측면에서 오지 않나 싶다. 일 년 동안 자신의 손으로 거둔 채소나 과실만을 가지고 '정진요리'를 만들며 살아가는 삶이 일반적인 것은 아니겠지만, 제철 식재료를 직접 기르고 가장 좋은 맛을 끌어내기 위해 궁리하고 노력하는 '정진'의 과정 자체는 도시 생활에 지친 사람이라면 누구나 갖고 있는 '자연과 벗하며 소박하고 건강하게 살아가고 싶은 마음'을 건드린다. 그리고 사람이라면 누구나 '흙'을 먹으며 살아가는 존재라는 지극히 당연한 사실을 깨닫게 한다. 그리하여 눈을 들었을 때 문득 인간에게 생명을 나누어 주는 풀 한 포기, 나무 한 그루가 달리 보이게 만드는 것. 감히 이 책에는 그런 힘이 있다고 말하고 싶다.

양념과 자극과 공격적인 조리법이 아니면 요새는 음식 대접을 못 받는다. 그렇게 먹다가 병을 얻으면 그때 가서 자연식이니 제철 음식을 찾는다. 세상이 요새 그렇다. 나는 두어 해 스님들 따라 절밥을 보고 얻어먹었다. 책도 한 권 썼다. 딱 한 줄로 요약하면 '절밥은 맛있는 음식이다'였다.

철마다 가장 맛이 충만할 때 나오는 재료로 만드니 맛이 없을 수 없다. 양념과 조미료로 흐리지 않아도 재료가 먼저 또렷하게 맛을 준다. 책을 붙들고 단숨에 읽었다. 절밥 얘기인데, 아니다. 음식 얘기인데, 또 아니다. 사는 방식에 대한 노련하고 소박한 진술이 가득하다. 어떻게 먹으며 살 것인가. 우리가 입말처럼 떠들던, '어디 산에 가서 나물 캐서 먹으며 살고 싶어……' 바로 그 얘기다.

사실, 일본인들은 이 책이 출간되고서 엄청난 충격을 받았다고 한다. 오랫동안 채식을 하고 그 경험이 축적된 민족인데 현실이 너무도 달라졌기 때문이다. 돈가스와 라멘과 햄버거와 스파게티에 야키니쿠가 그들의 표준이 된 음식이다. 저자의 말과 음식이 죽비처럼 그들 마음에 쏟아져 내렸다. 우리 독자들에게도 그럴 것이다. 어떻게 하면 더 자극적인 음식을 먹을까 궁리하고 사는 게 우리 삶이니 말이다.

담담한 글이 소박한데 서늘하게 쿡쿡 찔러온다. 당장 저자가 살았던 마을에 가고 싶어 구글 지도로 검색도 했다. 저자는 절에서 정진요리를 어려서부터 배웠다. 그건 요리이면서 동시에 삶의 규범이기도 하다. 노동과 음식, 수행을 일치시키는 게 불교이기 때문이다. 그의 요리는 '풀과 나물을 구별'하는 데서 시작한다. 재료를 직접 장만한다. 철마다 나오는 재료에 해박하고, 어떻게 먹어야 맛있는지 세세한 해설을 달았다. 읽으며 메모했다. 그의 글에서 나는 여러 번 충격을 받았다. 조금 긴 말인데, 정리하면 이렇다.

"이론과 문자가 요리를 해 주지 않는다."

그가 왜 음식 철학자로 불리는지 알 수 있는 대목이다. 오래도록 이 말이 남았다.

덧붙이자면, 그가 만드는 정진요리와 한국의 절밥은 아주 비슷하다. 물론 그 음식은 우리에게서 사라져 가는 오랜 밥상과도 닮았다.

－ 박찬일(요리사, 칼럼니스트)

흙을 먹는 나날

— 열두 달, 계절을 먹고 깨닫고 쓰다

초판 1쇄 발행 2024년 9월 5일

지은이 미즈카미 쓰토무
옮긴이 지비원
책임 편집 김은경
삽화 김정윤
표지·본문 디자인 studio CoCo

펴낸이 박숙희
펴낸곳 메멘토
신고 2012년 2월 8일 제25100-2012-32호
주소 서울시 은평구 연서로26길 9-3(대조동) 301호
전화 070-8256-1543 팩스 | 0505-330-1543
전자우편 memento@mementopub.kr

ISBN 979-11-92099-35-4 (03830)